AF423029

تريندز للبحوث والاستشارات
TRENDS RESEARCH & ADVISORY

سياسة الاتحاد الأوروبي تجاه منطقة الإندوباسيفيك

البحث عن دور جيوسياسي فعّال

محمد غاشي

ورقة سياسة (26)

سبتمبر 2023

مركز تريندز للبحوث والاستشارات

يُعـد مركـز تريـندز للبحـوث والاستشـارات مؤسسـة بحثيـة مسـتقلة تأسـس عـام 2014، ويهتـم باستشـراف المسـتقبل في جوانبـه الاسـتراتيجية والسياسـية والاقتصاديـة، وتتبـع القضايـا العالميـة المختلفـة. كـما يهـدف المركـز إلى تحليـل الفـرص والتحديـات عـلى مختلـف الصعـد الجيوسياسـية الراهنـة، وما تحملـه مـن متغيـرات محتملـة، مـع محاولـة إيجـاد إجابـات وتفسـيرات علميـة وموضوعيـة مـن شـأنها المسـاهمة في التأثـير في اتجاهـات الأحـداث مـع مراعـاة نواحـي التحليـل والنقـد والاستشـراف.

ويقـدم المركـز مـن أجـل تحقيق غاياتـه العلمية، دراسـات رصينة ذات أبعـاد استشـرافية مسـتقبلية، ويطرح أفضـل البدائل الممكنة لمسـاعدة صنّـاع القـرار في معرفة التطورات الإقليميـة والدولية بشـكل أعمـق، والاسـتفادة مـما توفـره مـن فرص. كـما يقـوم المركـز برصـد الاتجاهات والتغيـرات الاسـتراتيجية والاقتصاديـة والإقليميـة والدوليـة، بشـكل أعمـق، والاسـتفادة مـما توفـره مـن فـرص، والتنبـؤ بآثارهـا المسـتقبلية، وذلـك وفـق الضوابـط العلميـة المتعـارف عليهـا دوليـاً لـدى أعـرق مراكـز التفكـير والبحـث العلمـي.

المحتويات

الملخص التنفيذي

ظـل الاتحـاد الأوروبي علـى مـدى عقـود يقـدّم نفسـه في السياسـة الدوليـة، بوصفه جهـة فاعلـة معياريـة وتجاريـة بالأسـاس، بَيْدَ أن التحـولات الجيوسياسـية الآنيـة، ومـن ضمنها تزايـد حـدة المنافسـة الاقتصاديـة بـين القوة المهيمنـة (الولايـات المتحـدة) والقـوة الصاعـدة بقـوة نحو الريـادة العالميـة (الصـين) مـن ناحيـة، والحرب الروسية-الأوكرانية مـن ناحيـة أخـرى، دفعـت صنّـاع القـرار الأوروبيـين، تحت إشـراف المفوضيـة الأوروبيـة، إلى البحـث عـن دور جديـد وإعـادة تعريفها بوصفها جهـة فاعلـة جيوسياسـية. وقد لخّـص الممثـل الأعلى للشـؤون الخارجيـة بالاتحـاد الأوروبي، جوزيـب بوريـل، هـذا الوضـع قائـلًا: «إن الغـزو الـروسي لأوكرانيـا قـد منـح ولادة الهوية الجيوسياسية للاتحاد».

بإيجـاز، تبحـث هـذه الورقـة في طبيعـة سياسـة الاتحـاد الأوروبي تجاه منطقـة الإندوباسـيفيك، وتجيـب تحديـدًا عـن سـؤال يتعلـق بمـدى إسـهام الاستراتيجية الجديـدة للاتحـاد بخصوص منطقـة الإندوباسيفيك في تعزيز «الاسـتقلال الاسـتراتيجي المفتـوح» للاتحـاد الأوروبي، وتعيـد تعريـف دوره، بوصفه جهـة «جيوسياسية» فاعلـة في المنطقـة الأكثر ديناميكيـة علـى المسـتوى العالمـي، وتتـولى الورقـة كذلك دراسـة ردود أفعـال القـوى الكبرى تجـاه هـذه الاستراتيجية الأوروبيـة الجديـدة. وبالنظر إلى الحـرب المسـتمرة في أوكرانيـا، التي أظهـرت درجـة عاليـة مـن التضامـن عـبر ضفَّتَـي الأطلـسي، وأكـدت الـدور الأمريكي الحاسـم للأمـن الأوروبي، بجانـب توافـق الـرؤى (الاسـتناد إلى القيـم) كبوصلـة للسياسـات الخارجيـة، حاولـت الورقـة الإجابـة عـن تسـاؤل مفادُه: هـل يمكن اعتبـار الاسـتراتيجية الأوروبيـة مكملـة للاسـتراتيجية الأمريكية وتستجيب لاعتبارات واشنطن في المنطقة؟ أم أنها مُنافِسة لها؟

مقدمة

تُشكِّل سلاسل القيمة (Global Value Chains)، التي تُعرف اختصارًا بـ(GVCs) سمةً سائدة في الاقتصاد الدولي المعاصر، سواء تعلق الأمر بالاقتصادات المتقدمة أو الناشئة، بحكم حركة العولمة المتسارعة. وفي ظلّ هذا المشهد الجديد، القائم أساسًا على تقسيم العمل وتوزيع سلاسل الإنتاج وشبكة الإمدادات، استطاعت الدول والفاعلون من غير الدول (الشركات، والمقاولات...) تحفيز الابتكار، وتحقيق زيادة كبيرة في الإنتاجية مع تخفيض قيمة المنتجات؛ ما مهّد الطريق ليس فقط لمراكمة أرباح واسعة بالنسبة إلى الشركات الكبرى، ورفع معدلات النمو الاقتصادي بالنسبة إلى الدول، وإنما أيضًا في خلق المزيد من الوظائف، وهو ما سمح بتعزيز الرخاء ورفع مستوى التنمية، وإن بدرجات متفاوتة بين الشمال والجنوب. عمومًا، وفيما لا تزال هناك تحديات عدة قائمة لضمان حصول جميع البلدان والتكتلات الإقليمية على فرص المشاركة نفسها والاستفادة من هذا النظام، فإن حالة عدم اليقين هذه زادت حدّتها بفعل التوترات الجيوسياسية المتصاعدة في الآونة الأخيرة، ومن ضمنها: الحرب الاقتصادية بين القوتين العظميين: الولايات المتحدة والصين، ثم الحرب الروسية-الأوكرانية، التي شكّلت علامة فارقة ونقطة تحوّل رئيسية في هذا الاتجاه.

أبانت هذه التحولات الدراماتيكية عن حقيقة جوهرية، مفادها أن النمط الليبرالي للتجارة العالمية ينطوي على العديد من المخاطر في ظلّ هذا المشهد؛ كعدم استلام المنتَج أو المادة الخام بسبب تعطّل سلاسل الإمدادات، والضرر الذي يطال طرق التجارة الدولية؛ نتيجة للصراعات أو التحول نحو السياسات الحمائية. وعلى

الجانب الآخر، نبّهت التوترات الجيوسياسية إلى خطورة التبعية الاقتصادية والاعتماد المفرط على مَصدر واحد لاقتناء المواد الاستراتيجية والتقنيات المهمة، خصوصًا إذا كان ذلك المصدرُ جهةً تُصنَّف بوصفها «منافسًا جيوسياسيًّا»، على سبيل المثال (روسيا وأزمة الطاقة الأوروبية)، إذ قد تتحول الحاجة الماسّة إلى تلك المواد والتقنيات إلى سلاح وأداة لممارسة الابتزاز. ومع ذلك، وبرغم ما تنطوي عليه هذه التوترات الجيوسياسية من مخاطر وانعكاسات سلبية محتمَلة على اقتصادات الدول والتجارة العالمية، فسيكون من الخطأ التسليم بأن علينا -أمام هذه التحديات- التراجع عن سلاسل القيمة، وعن التقسيم الدولي للعمل، وعن نمط التجارة الحرة.

ونظرًا إلى أن التجارة الخارجية تمثّل عنصرًا حيويًّا ليس فقط في اقتصاد الاتحاد الأوروبي، ولكن أيضًا فيما يتعلق بأمنه القومي. وتبعًا لذلك، فإن الدراسة تهدف إلى تحليل طبيعة واتجاهات السياسة الخارجية للاتحاد الأوروبي الذي يسعى إلى تقديم نفسه، بوصفه جهة جيوسياسية فاعلة، بعدما قدّم نفسه على الدوام قوةً تجارية ومعيارية، على خلاف القوى الأخرى: الولايات المتحدة والصين. ومن الناحية التجريبية، تتخذ الورقة من منطقة الإندوباسيفيك (منطقة المحيطين الهندي والهادي) (Indo-Pacific) ذات الثقل الاستراتيجي والأهمية الاقتصادية، والتي تشكل (الفناء الخلفي للصين)، وساحة اللعب الرئيسية التي تتداخل فيها الاستراتيجيات الجيواقتصادية للقوى العالمية، مجالًا لاختبار طبيعة هذه السياسة.

بإيجاز، وبرغم أن الاقتصاد، وخصوصًا العلاقات التجارية شكّلت، تاريخيًّا، العامل الأكثر أهمية في توجيه البوصلة الخارجية للاتحاد الأوروبي تجاه منطقة الإندوباسيفيك، فثمة اقتناع لدى صُنّاع القرار في بروكسل بحقيقةٍ مُفادُها أنه إذا أراد الاتحاد الأوروبي إثبات نفسه لاعبًا محوريًّا على المسرح العالمي، فإنه ينبغي له إعادة ضبط علاقاته مع المنطقة الأكثر ديناميكية في العالم، والعمل على تعزيز شراكاته مع القوى والهياكل الإقليمية في المنطقة، في مختلف المجالات الاقتصادية، والتكنولوجية، والبيئية. إلى جانب انخراطه في الحوكمة وحلّ النزاعات

وتحمُّل الأعبـاء الأمنيـة في المنطقـة، بمـا ينسـجم مـع رؤيـة المفوضيـة الأوروبيـة بخصوص تعزيـز الاستقلال والسـيادة الاسـتراتيجية للاتحـاد الأوروبي، مـع مـا تقتضيـه العمليـة مـن ضرورة الموازنـة بـين متطلبـات المصلحـة القوميـة، واعتبـارات الشريك التقليـدي: الولايـات المتحـدة التـي تسـعى لحشـد الحلفـاء للتـصرف معًـا، في سـبيل احتواء النفوذ الصيني المتزايد، وسياسات بكين لتغيير الوضع في المنطقة.

أولًا- صحوة أوروبا الجيوسياسية

أثـار سـؤال الهويـة في الاتحـاد الأوروبي جـدلًا واسـعًا منـذ تسعينيات القـرن العشريـن، ومنـذ ذلـك الحـين انشـغل المجتمـع الأكاديمـي في الغالـب بهـذا السـؤال. وفي هـذا السـياق، درج علـماء السياسـة عـلى تقديـم الاتحـاد الأوروبي، بصفتـه قـوة معياريـة (normative power)[1] تسـتمد شرعيتهـا ليـس مـن سياسـات القـوة، وإنمـا مـن القـدرة عـلى تشـكيل تصورات الآخريـن للحوكمـة في الشـؤون الدوليـة، ووضـع المعايـير التـي مـن المحتمَـل أن تُسـهم في تشـكيل سـلوك الجهـات الدوليـة الأخرى. هنـا تكمـن أهميـة القـوة المعياريـة في اسـتراتيجية الاتحـاد الأوروبي لكونهـا تتبنـى عـلى اسـتراتيجية طويلـة المـدى، تُراهـن عـلى التغيـير الناعـم وتشـكيل تفضيـلات الآخريـن عـبر لفـت الانتبـاه إلى أهميـة المعايـير. هكـذا، فبـدلًا مـن الانخـراط في سـباق التسـلُّح، يعمـل الاتحـاد الأوروبي عـلى تعزيـز مسـارات التنميـة (بوصفـه أكـبر جهـة إنمائيـة مانحـة)، وقيـادة الجهـود الدوليـة لتسـوية النزاعـات واستدامة الأمن والسلام، وإرساء التعددية وأسس النظام القائم على القواعد[2].

---

1. درج علـماء السياسـة في تعريـف القـوة المعياريـة (Normative Power) عـلى تمييزهـا أساسًـا عـن القـوة الصلبـة، إذ لا تعتمـد عـلى القـدرات العسـكرية لتحقيـق أهدافهـا مـن ناحيـة، ومـن ناحيـة أخـرى، عـلى اعتبـار أهدافهـا عالميـة وتتحرك ضمـن فلك المعايـير والقيم العالميـة لا المصلحـة الوطنية وإن كانـت لا تلغـي الأخـيرة، وتعمـل عـلى تحديد المعايير التي يجب قبولها لأنها أمر طبيعي في السياسة الدولية.

T. Diez, M. Pace. (2011). Normative Power Europe and Conflict Transformation: *Normative Power Europe*. Palgrave Studies in European Union. pp. (210-225).

2. P. Trineke. (2021, August 20). Normative Power and EU strategic autonomy: The Hague Center for Strategic Studies (HCSS). https://n9.cl/g0ant

يُنظَـر إلى الاتحـاد الأوروبـي كذلـك بوصفـه فاعـلًا تجاريًّـا دوليًّـا (trade actor)، وأحـد المسـتفيدين الرئيسـيين مـن نمـط الاقتصـاد الليبرالي العالمـي لِمَـا بعـد الحـرب البـاردة، والقائـم أساسًـا علـى الاعتـماد المتبـادل، والتجارة الحـرة، وتنـوّع سلاسـل القيمـة (Value Chains)[3]. وفي هـذا السـياق أدى انفتـاح النظـام التجـاري الأوروبـي ومرونتـه، فضـلًا عـن جـودة الصناعـة والتكنولوجيـا الأوروبيـة وكفاءتهـما، إلى جعـل الاتحـاد الأوروبـي علـى مـدى سـنوات، المصـدِّر الرئيـسي الأول علـى المسـتوى العالمـي[4]. وتأكيـدًا لهـذا الأمـر، يُظهِـر تقريـر صـادر عـن المفوضيـة الأوروبيـة، مـدى أهميـة التجارة المفتوحة بالنسـبة إلى الأوروبيين، إذ تمثـل التجارة 43% مـن الناتـج المحلي الإجمالـي لهـذا الكيـان الـذي يضـم 27 دولـة؛ وعلـى صعيـد آخـر، يوضح تقريـر التجـارة والوظائـف أن أكـثر مـن 38 مليـون وظيفة تدعمها بشـكل مباشر صـادرات الاتحـاد الأوروبـي، التـي نمـت بنسـبة 130% بـين عامَـي 2000 و2019، فضـلًا عـن الاسـتثمارات الخارجيـة، مـا يـؤثر بوضـوح إلى أن التجـارة الخارجيـة تُعـدّ المحـرك الرئيـسي لنمـو الناتـج المحلـي الإجمـالي للـدول الأعضـاء، فضـلًا عـن زيـادة أعـداد الوظائـف في جميـع أنحـاء الاتحـاد الأوروبـي[5]. وفي هـذا السـياق، أشار المفـوض الأوروبـي للتجـارة، فالديـس دومبروفسـكيس، إلى أن اسـتمرار التجـارة الحـرة والحـزم في تنفيـذ السياسة التجارية للاتحاد، سيؤديان دورًا حاسمًا في تعزيز هذا الاتجاه واستدامته[6].

---

3. يسـتخدم الاقتصاديـون سلاسـل القيمـة (Value Chains) للإشـارة إلى عمليـة تعزيز قيمة المنتـج أثنـاء تحركـه علـى طـول سلسـلة التوريـد، التـي تهـدف إلى تخفيـض قيمـة المنتَـج، وتعزيـز المرونـة، وأيضًـا لتمييزها عـن سلاسـل الإمـدادات (Supply Chains) التـي تتعامـل مـع بناء المنتج وإيصاله إلى المسـتهلك. وفي الواقـع، بينـما تعمـل سلاسـل القيمـة علـى الحـد مـن الفقر وتسـريع النمو، فإنها تعمل أيضًا على إعادة تأكيد الهيمنة الإمبراطورية للشمال على الجنوب.

I. Suwandi. (2019). Value Chains: The New Economic Imperialism. Monthly Review Press. https://cutt.us/DU59J

4. European Commission. (2018). EU trade agreements deliver on growth and jobs support sustainable development: Report. Brussels.

5. European Commission. (2021, November 12). EU exports support 38 million jobs in the EU according to a report on jobs and trade: *European Commission - Press release*.

6. Ibid.

ويـأتي هـذا الخطـاب في وقـت تعرّضـت فيـه سلاسـل القيمـة الأوروبيـة لضغـط كبيـر في الآونـة الأخـيرة، بدايـة مـن اتفاقيـة بريكسـت (Brexit) المتعلقـة بخـروج بريطانيـا مـن الاتحـاد الأوروبي، أوائـل عـام 2020، مـا وضـع ضمنيًّا بعـض الحواجـز علـى سلاسـل الإنتـاج؛ ومـع ذلـك، يُظهِـر تقريـر أعـدّه البنـك المركـزي الأوروبي عـن محـاكاة تأثـير ارتفـاع الحواجـز التجاريـة علـى الاقتصـاد الكلـي، أن العواقـب الاقتصاديـة ستكون أكـثر سلبية بالنسـبة إلى المملكـة المتحـدة، مقارنـة بمنطقـة اليـورو[7]. عـلاوة علـى ذلـك، كان لجائحـة كورونـا وعمليـة الإغـلاق المرافقـة انعكاسـات سلبية علـى الاقتصادَيـن الأوروبي والعالمـي، كـما كشـفت هـذه الأزمـة عـن بعـض عيـوب سلاسـل الإمـدادات العالميـة، التـي تتجـلى في تعطّـل بعـض سلاسـل القيمـة وتباطُئهـا. هنـا قـد يكـون صحيحًـا أن الاتحـاد الأوروبي أثبـت كفاءتـه بخصـوص المستحضرات الصيدلانية والمعدات الطبيـة، بَيْـدَ أن تسـارع وتـيرة الرقمنـة الناجمـة عـن الجائحـة، قـد أثبـت الأهميـة الاسـتراتيجية لبعـض سلاسـل القيمـة المرتبطـة بالإلكترونيـات الدقيقـة وأشـباه المواصـلات، التـي تتركـز في منطقـة الإندوباسـيفيك[8].

لم يكد الاقتصاد العالمي يحقـق تعافيًـا نسـبيًّا مـن آثـار جائحة كوفيـد-19، حتـى جاء الغـزو الـروسي لأوكرانيا (بدايـة مـن فبرايـر 2022)، الـذي شـكّل صدمـة جيوسياسية، وأطلـق نقطـة التحـول (Zeitenwende) الرئيسـية في السياسـة الأمنيـة والخارجيـة للاتحـاد الأوروبي، بحسـب المستشار الألمـاني أولاف شـولتس[9]، وشكّل ميـلاد «الهويـة الجيوسياسـية» للاتحـاد، وفقًّـا للممثل الأعـلى للشـؤون الخارجيـة في الاتحـاد الأوروبي، جوزيـف بوريـل[10]. عـلاوة عـلى ذلـك، أظهـرت الحـرب الروسـية-الأوكرانية مواطـن

7. European Central Bank. (2020, October). A Review of economic analyses on the potential impact of Brexit: ECB. https://n9.cl/z478ak

8. J. Maarten, and others. (2021, March). Impact of the Covid-19 Pandemic on EU Industries: European Parliament. https://n9.cl/b2h8h

9. O. Scholz. (2022, Feb 24). Reden zur Zeitenwende: Die Bundesregierung. https://n9.cl/tjg49

10. J. Borell. (2022, March 3). Putin's War Has Given Birth to Geopolitical Europe: Project Syndicate. https://n9.cl/uj5i5

الضعـف في سلاسـل القيمـة العالميـة أمـام الصدمـات الجيوسياسـية، وكشـفت عـن خطـورة الاعتـماد المفـرط عـلى الأنظمـة المنافسـة جيوسياسـيًّا فيـما يتعلـق ببعـض المـواد والمنتجـات الحيويـة. وهـذا مـا تـؤشر إليـه بوضـوح أزمـة الطاقـة الأوروبيـة، التـي لا تـزال تبعاتهـا قائمـة، وخصوصًـا بعـد أن تحولـت أنابيـب الغـاز (نـورد سـتريم) إلى سـلاح بيـد موسـكو للـرد عـلى العقوبـات الغربيـة، وممارسـة مزيـد مـن الضغـط عـلى الـدول الأعضـاء في الاتحـاد الأوروبـي للحيلولـة دون تقديـم مزيـد مـن الدعـم لكييـف[11]. وإلى جانـب أزمـة الطاقـة هـذه، حمـل العـدوان الـروسي عـلى أوكرانيـا مزيـدًا مـن التحـولات في الأسـواق العالميـة، بـما في ذلـك الأمـن الغـذائي وأسـواق المعـادن، علمًـا بـأن روسـيا تعـدُّ مصـدرًا مهـمًّا للمعـادن النـادرة؛ كالنيـكل والبلاديـوم، وعـلى سـبيل المثـال، اسـتوردت ألمانيـا وحدهـا مـن روسـيا معـادن بقيمة 2.8 مليـار يورو في عـام (2022)[12].

تـؤشر حـدة التوتـرات الجيوسياسـية المتصاعـدة في الآونـة الأخيـرة إلى احتـمال زيـادة تدخّـل «الدولـة» في الاقتصـاد، مـا يعنـي ضمنيًّـا مزيـدًا مـن التوظيـف السـياسي للتجارة، بوصفهـا آليـة لتحقيـق الأهـداف الجيوسياسـية للقـوى الدوليـة. هكـذا، إلى جانـب الغـزو الـروسي لأوكرانيـا، الـذي عطّـل إمـدادات الطاقـة والغـذاء وبعـض المعـادن، مثـل النيـكل، باتجـاه الـدول الأعضـاء في الاتحـاد الأوروبـي، فقـد نشـأ، عـلى الجانـب الآخـر، قـدر كبيـر مـن عـدم اليقيـن بشـأن الصيـن، الفاعـل المركـزي في سلاسـل التوريـد للعديـد مـن المعـادن المهمـة، وأيضًـا إزاء سياسـاتها لمراجعـة الوضـع القائـم في بحـر الصيـن الجنوبـي.

تبعًـا لذلـك، وفي سـياق الاسـتجابة الأوروبيـة لهـذه التحديـات الجيوسياسـية المتصاعـدة، نصّـت المفوضيـة الأوروبيـة عـلى تأكيـد مبـدأ «الاسـتقلال الاسـتراتيجي للاتحـاد الأوروبـي» (EU S-A)، بوصفه إطارًا عامًّا مُوجِّهًا لبوصلـة السياسـة الخارجيـة للاتحـاد. وفي هـذا السـياق تجـدر الإشـارة إلى أن الفكـرة انطلقـت تحديـدًا سـنة 2013، وتهـدف بالأسـاس

---

11. C. Schmucker, and K. Kober. (2023, Feb 23). A Turning Point for EU trade policy after the Russian Aggression?: German Council on Foreign Relations. https://n9.cl/bzi202

12. M. Muller, and others. (2023, Feb 24). "From Competition to a Sustainable Raw Materials Diplomacy": German Institute for International and Security Affairs. https://n9.cl/k6wba

إلى تعزيـز القـدرات الأوروبيـة الأمنيـة والاقتصاديـة للاتحاد الأوروبي، بصفتـه جهة فاعلة دوليـة لهـا القـدرة عـلى اتخـاذ القـرارات الخاصـة، وتحديـد مسـتقبل الاتحاد الأوروبي مـن الناحيـة الاستراتيجيـة استدامةً لأمنـه وحمايـة لمصالحه[13]. وعـلى الجانب الآخـر، مثلـما فعلـت غالبيـة القـوى الأخـرى في تحديـث استراتيجيتها وإعـادة تعريفها، عـلى سـبيل المثـال: «أمريكا أولًا» في الولايات المتحـدة، و«صنع في الصين»، و«صنع في الهند»، فـإن صنّـاع القـرار في الاتحـاد الأوروبـي أكـدوا، ابتـداءً مـن مـارس 2021، عزمهـم عـلى ممارسـة دور أكـبر مـن الناحيـة الجيوسياسـية عَـبْر نشـر تقريـر استشرافي حول مسـتقبل الاستقلال الاستراتيجي المفتوح بحلـول عـام 2040 ومـا بعـده، تحت إشراف المفوضية الأوروبيـة، يسـلّط الضـوء عـلى الطـرق التـي يبـدأ بهـا الاتحـاد الأوروبي في اغتنـام الفوائـد مـن التطورات الإيجابيـة وطـرق تحويـل المخاطـر إلى إمكانيـة للتحـول الإيجابي، بالتركيـز عـلى خمسـة مجـالات رئيسـية (الاقتصـاد، والتكنولوجيـا، والجغرافيـا السياسـية، والبيئـة، والمجتمـع)[14]. وبعـد سـتة أشـهر، وتحديـدًا في سـبتمبر 2021، أطلقت المفوضيـة الأوروبيـة تقريرهـا الثـاني تحـت عنـوان «قـدرة الاتحـاد الأوروبي عـلى التصرف وحريتـه في ذلـك»، الـذي يقـدم رؤيـة استشرافية ويحـدد عـشرة مجـالات للتـصرف باتجـاه ترسـيخ القيـادة الأوروبيـة والاسـتقلال الاسـتراتيجي المفتـوح في عـالم تتعـدد أقطابـه، ويـزداد فيـه التنـازع[15].

عمومًـا، تنبنـي الاستراتيجية الجديـدة على ثلاثـة مرتكـزات رئيسـية: أولًا، تقليـل التبعيات الحرجـة (خاصـة في مجـالات الطاقـة، والمـواد الخـام الحيويـة، والتقنيـات العاليـة...). وثانيًـا، تعزيـز القـدرات التكنولوجيـة والتشريعـات والآليـات الدفاعيـة لحماية اقتصاد وتجـارة الاتحـاد الأوروبي. وثالثًـا، الانفتـاح الاسـتراتيجي مـن خـلال تشـكيل تحالفات

---

13. European Parliament. (2022, July). EU Strategic Autonomy 2013-2023: From Concept to Capacity. EP. https://n9.cl/t196n

14. European Commission. (2022, March). Shaping and Securing The EU's Open Strategic Autonomy by 2040 and beyond: E.C.

15. European Commission. (2021, September). Strategic Foresight Report: Enhancing the EU's long-term capacity and freedom to act. E.C. https://n9.cl/g2b5s

اقتصاديـة وسياسـية والتعـاون الأمنـي مـع شركـاء دوليـين متقاربـين في الآراء والتوجُّهـات وجَعْـل سلاسـل القيمـة تتمحـور أكـثر حـول هـؤلاء الـشركاء[16].

ارتباطًا بذلك، وفي محاولـة للاقتراب أكـثر مـن عمل هـذه الاستراتيجية الجديدة، سـنركز عـلى منطقـة الإندوباسيفيك، ذات الثقـل الاقتصادي والديمغـرافي والسياسي المتزايد، التي تشكّل سـاحة اختبار للاستراتيجية التجارية الجديدة للاتحاد الأوروبي، ومجـالًا خصبًا للتأكيـد الجيوسياسي بالنسبة إلى الاتحـاد الأوروبي، بوصفـه جهة فاعلة عالمية (Global Actor)، لكـن سـيكون مـن المفيد التوقف عنـد أهميـة منطقـة الإندوباسيفيك، ذات الثقـل السياسي والـوزن الاقتصادي المتزايدَيْن.

ثانيًا- منطقة الإندوباسيفيك.. حقائق وأرقام

تعـدّ منطقـة الإندوباسيفيك، بحسـب المراقبـين، سـاحة اللعـب الرئيسية التـي سـتحدّد اتجاهـات النمـو في الاقتصاد العالمـي مستقبلًا، بنـاءً عـلى اعتبـارات عـدة تتعلـق بـ: المـوارد الحيويـة، والقـوة الإنتاجيـة، وحجـم السـوق، والقـدرة الشرائيـة، والمساهمة النشطة في التجارة العالمية، بنـاءً عـلى مجموعـة مـن الحقائـق والأرقـام. فمـن ناحيـة تُشـكِّل بُلـدان المنطقـة 44 % مـن الناتـج المحلـي الإجمالـي العالمـي (GDP)، وهـي الأعـلى نمـوًّا بمعـدل 64 % خلال السـنوات العشـر الماضيـة (2012- 2022). كـما تعـدّ المنطقـة الأكـثر اكتظاظًا بالسكان وموطنًا لـ (ثلاثـة أخـماس) سـكان العـالم، بضمِّهـا لأكـثر مـن 4.2 مليـار شـخص بمتوسـط عمـر (75 عامًا)[17]. وحتـى مـن دون الصـين، تمثل بُلـدان آسـيا والمحيـط الهادي 30% مـن سـكان العـالم، و20% مـن الناتـج المحلـي الإجمالي العالمي (تعـادل القـوة الشرائيـة)، و18% مـن التجـارة العالميـة. كـما تكتسـب المنطقـة أيضًا أهميـة بالغـة مـن وجهـة النظـر الجيواقتصاديـة، إذ يقطـع شريـان الحيـاة الرئيسـي للتجـارة العالميـة مياهها الإقليميـة.

---

16. C. Schmucker, and K. Kober, op. cit.

17. World Economics. (2023, Janvier). Asia-Pacific. https://n9.cl/5kdte

وهـو مـا يفسّر حقًّا المنافسـة العالميـة بـين الثلاثـة الكبـار: الولايـات المتحـدة، والصـين، ثم الاتحـاد الأوروبي الـذي بـدأ في التعبـير عـن نوايـاه وعزمـه عـلى تعزيـز حضوره وممارسة مزيد من النفوذ داخل هذه المنطقة[18].

تشكّل المنطقة أيضًا طليعـة الاقتصاد الرقمـي، وتضم ثلاثـةً مـن أكبر الاقتصادات في العـالم (الصـين، واليابـان، والهنـد)، وسبعة أعضـاء مـن مجموعـة العشريـن (G20): الصـين والهنـد وأسـتراليا وإندونيسـيا واليابـان وكوريـا الجنوبية وجنـوب أفريقيـا، إضافةً إلى رابطـة دول جنـوب شرق آسـيا (ASEAN)، التـي تعـدّ شريكًا مهمًّا بشكل متزايـد بالنسبة إلى الاتحاد الأوروبي. وعـلى الجانـب الآخـر، تعـدّ منطقة الإندوباسيفيك الأعـلى قيمـة مـن حيـث التبـادلات التجاريـة مـن أي منطقـة جغرافيـة أخـرى في العالم؛ فعـلى سبيل المثـال، تعـدّ منطقـة الإندوباسـيفيك الشريـك الطبيعـي للاتحـاد الأوروبي مـن حيـث التجـارة والاسـتثمار، إذ تمثـل المنطقتـان معًـا أكـثر مـن 70% مـن التجارة العالميـة في السـلع والخدمـات، وأكـثر مـن 60% مـن تدفقـات الاسـتثمار الأجنبـي المبـاشر (FDI)؛ حيث بلغت التجارة السنوية 1.5 تريليون يورو في عام 2019[19].

وبحسـب المراقبـين، يُتوقَّع أن تمثـل المنطقـة 60% مـن الاقتصاد العالمـي بحلـول سنة 2040، و65% مـن سكان العالم، لكـن وبرغـم هـذه الديناميكيـة الاقتصاديـة والثقـل الديمغـرافي، فـإن المنطقـة لا تـزال كذلك موطنًا لمئـات الملايين مـن فقـراء العـالم (نحـو 37%)، والانبعاثـات المسببة للاحتبـاس الحراري، وأيضًا مجـالًا لعـدم المسـاواة، وانتهـاكات حقـوق الإنسان[20]. وعـلى الجانـب الآخـر، تضـم المنطقـة أربـع

---

18. C. Jungbluth, S. Weiss. (2022, December 14). Asia Pacific, The Test Case for a Geopolitical EU Trade Strategy: Bertelsmann Stiftung. https://n9.cl/o8ndd

19. European Parliament. (2022, September). EU Indo-Pacific Trade Relations: European Parliament Think Tank. https://n9.cl/ea2kn

20. Government of Canada. (2022). Canada's Indo-Pacific Strategy: Global Affairs Canada. pp. (1-23). https://n9.cl/lpe2i

قـوى نوويـة (الصـين، والهنـد، وكوريـا الشـمالية، وباكسـتان)، وتشـكل كذلك سـاحة لعـدد مـن التوتـرات الجيوسياسـية، مـن ضمنهـا: المنافسـة المحتدمـة بـين الولايـات المتحـدة والصـين في بحـر الصـين الجنـوبي ومضيـق تايـوان، وتصاعـد التوتـر في شـبه الجزيـرة الكوريـة، واستمرار الاستفزازات والنزاعـات الحدوديـة بـين الهند وباكسـتان، وبين الهند والصين... إلخ، ما يفاقم التحديات الجيواستراتيجية في المنطقة[21].

هكـذا، وفيـما يـدرك الاتحـاد الأوروبـي بشـكل متزايـد الأهميـة الاقتصاديـة المحوريـة للمنطقـة، وأيضًـا ضرورة المشـاركة النشـطة لمواجهـة هـذه التحديـات والعمـل مـع دول المنطقـة عـلى تعزيـز الاسـتقرار والازدهـار الاقتصـادي والوصـول إلى أجنـدة 2030 بشـأن أهـداف التنميـة المسـتدامة، فثمـة عامـل آخـر حاسـم وراء زيـادة المشـاركة الأمريكيـة والأوروبيـة في منطقـة الإندوباسـيفيك، ويتعلـق الأمـر بصعـود الصـين لاعبًـا رئيسـيًّا في السياسـة الدوليـة، وسياسـاتها التـي تعمـل عـلى إعـادة تشـكيل طبيعـة الوضـع الجيوسـياسي في المنطقـة كفضـاء لممارسـة النفـوذ الصينـي أحـادي الجانـب، في تحـدٍّ صـارخ للنظـام الـدولي القائـم عـلى القواعـد الـذي اسـتفادت منـه بكـين في نموهـا وازدهارهـا. وفي هـذا السـياق، يُنظَـر إلى الصـين عـلى نحـو متزايـد في بروكسـل، بوصفهـا منافسًـا راسـخًا (Systemic Rival)؛ حيـث تُثـار المخـاوف في الاتحـاد الأوروبي ليـس فقـط بخصـوص التوسـع الاقتصـادي للصـين، كمبـادرة الحـزام والطريـق (BRI)[22]، واسـتراتيجية الخـروج، وممارسـات الاقتصـاد غـير السـوقي، وإنما أيضًـا بخصـوص النشـاط العسـكري الصينـي وسياسـات بكـين في النقـاط السـاخنة الإقليميـة مثـل: بحـر

---

21. Ibid.

22. تشـير مبـادرة الحـزام والطريق (The Belt and Road Initiative) التـي أطلقها الرئيـس شي جـين بينغ عام 2013 إلى الاسـتراتيجية الصينيـة الهادفة إلى تطويـر الاتصـال بـين الصـين وأكـثر مـن سـبعين دولـة عـبر آسـيا والشـرق الأوسـط وأفريقيـا وأوروبا، مـن خـلال الاسـتثمار والتعـاون في مشروعـات البنيـة التحتيـة، مـا مـن شـأنه أن يعـزز التعاون وتحقيق النمو الاقتصادي في جميع أنحاء المنطقة.

M. Maliszewska. (2019, April). The Belt and Road initiative, Economic, Poverty and Environmental Impacts: Policy Research Working Paper. 8814

الصين الجنوبي، وفي مضيق تايوان تحديدًا، الـذي مـن شـأن أيّ تغيـير فيـه أن ينعكس سـلبًا، وبشـكل مبـاشر عـلى الأمـن والازدهـار في الاتحـاد الأوروبي، الـذي لـه ارتبـاط عميق مع المنطقة تجاريًا واقتصاديًا وأمنيًا[23].

إجـمالًا، يبـدو أنه مـن الصعب عـلى نحـو متزايـد الفصـل بـين قضايـا الدفـاع والأمـن وبـين الاقتصـاد الـذي يشـكّل أداة أساسـية للمنافسـة الجيوسياسـية بـين الـدول. وفي ضـوء ذلـك، فإنه مـن مصلحـة الاتحـاد الأوروبي زيـادة مشـاركته في المنطقـة، والاسترشـاد برؤيتـه الخاصـة، بنـاءً عـلى تاريخـه وعلاقاتـه الخاصـة مـع دول منطقـة الإندوباسـيفيك، للتعامـل مـع التحديـات القائمـة التـي تجعـل مصالحـه القوميـة عـلى المحـك، والتـي تتسـع لتشـمل: السـلم والاسـتقرار في المنطقـة، ومرونـة سلاسـل القيمـة، وفـرص التجـارة والاسـتثمار، وحريـة الملاحة وأمـن الطرق والمواصـلات... إلخ. وهـذه كلهـا موضوعـات يمكن للاتحـاد الأوروبي أن يقـدّم فيهـا قيمـة مضافـة، ويشـكّل الخيـار الثالـث لـدول الإندوباسـيفيك، بعيـدًا عن الخيارات الضيقة للاعبَيْن الرئيسيَّيْن: الولايات المتحدة الأمريكية، والصين.

ثالثًا- استراتيجية الاتحاد الأوروبي إزاء الإندوباسيفيك.. أيُّ مقاربة؟

عـلى الرغـم مـن أن دور الاتحـاد الأوروبي لا يـزال محـدودًا نسـبيًا في منطقـة الإندوباسـيفيك، مقارنـة بـدور كل مـن الولايـات المتحـدة والصين، فإنـه مـع تحـوّل مركـز الثقـل الاقتصـادي والجيواسـتراتيجي العالمـي نحـو منطقـة الإندوباسـيفيك، مـن المتوقـع أن يتكثـف الحضـور الأوروبي في المنطقـة لتعزيـز الأمـن والاسـتقرار وحمايـة مصالحـه الحيويـة. وتأكيـدًا لهـذا الاتجـاه، اكتسب مفهوم الإندوباسـيفيك زخمًا كبـيرًا في أوروبـا خـلال السـنوات الأخـيرة، وهـو مـا تـؤشر إليـه الاسـتراتيجيات ووثائـق السياسـات المنشـورة بخصوص الإندوباسـيفيك، سـواء تعلّق الأمـر بالمبـادرات الفرديـة أو بإطـار العمـل الجماعـي للمفوضيـة الأوروبيـة. وفي هـذا السـياق، أصدرت كل مـن:

---

23. M. Schneider. (2022, November 17). Transatlantic Cooperation on Indo Pacific: Chatham House. https://n9.cl/6nrpq

فرنسـا[24]، وألمانيـا[25]، وهولنـدا[26]، وثائـق اسـتراتيجية بخصـوص منطقـة الإندوباسـيفيك، تعكس هذه الأهمية المتزايدة للمنطقة في الأجندة الأوروبية.

هكـذا دفعـت الجهـود الفرنسـية-الألمانية بقيـة الـدول الأعضـاء في الاتحـاد الأوروبـي إلى الموافقـة في أبريـل 2021، عـلى صياغـة اسـتراتيجية أوروبيـة شـاملة للتعـاون بشـأن منطقـة الإندوباسـيفيك. وعـلى هـذا النحـو، كلّـف الاتحـاد الأوروبـي، مـن منطلـق مصالحـه الاسـتراتيجية والاقتصاديـة طويلـة المـدى، الممثـل الأعـلى للشـؤون الخارجيـة في الاتحـاد الأوروبـي، جوزيـف بوريـل، بتنسـيق العمليـة ومتابعتهـا مـع المؤسسـات فوق الوطنيـة للاتحـاد، وتحديـدًا مـع كل مـن البرلمـان الأوروبـي، والمجلـس الأوروبـي. وتبعًـا لذلـك، وبعـد طـول انتظـار، تمـت الموافقـة النهائيـة وتمـت صياغـة اسـتراتيجية الاتحـاد الأوروبـي الشـاملة للتعـاون في منطقـة الإندوباسـيفيك (The EU Strategy for cooperation in the Indo-Pacific)، رسميًّا (في 16 سبتمبر 2021)[27].

تؤكد الاسـتراتيجية منـذ البدايـة عـزم الاتحـاد الأوروبـي عـلى زيـادة حضـوره في منطقـة الإندوباسـيفيك، الواسـعة والممتـدة مـن السـاحل الشـرقي لأفريقيـا إلى دول وجـزر المحيـط الهـادي[28]؛ بهـدف الإسـهام في أمـن واسـتقرار هـذه المنطقـة، ذات الأهميـة الاسـتراتيجية،

---

24. French Government. (2018). France's Indo-Pacific Strategy: Ministry for Europe and Foreign Affairs. Paris: Qu'ai d'Orsay. https://n9.cl/gdt9j

25. Die Bundesregierung. (2019). Leitlinien zum Indo-Pacifik: DAA.

26. Regering Van Nederland. (2020, November 13). Indo-Pacific: Richtlijnen voor het versterken van Nederlandse en EU-samenwerking met partners in Azie. https://n9.cl/kur8f

27. European Commission. (2021, September 16). The EU Strategy for cooperation in the Indo-Pacific: EC. Brussels. Pp. (1-17), p. 1.

28. بينـما تتفـق كل مـن الولايـات المتحـدة وأسـتراليا واليابـان والهنـد عـلى اسـتعمال مصطلـح «الإندوباسـيفيك» بـدلًا مـن «آسـيا والمحيـط الهـادي» كعلامـة عـلى المشـاركة الإقليميـة، فـإن التحديـد الجغـرافي يختلـف مـن كيـان إلى آخر قد يتسع ويضيق باختلاف المصالح والأولويات، انظر:
W. Haruko, (2020). The Indo-Pacific concept: Geographical adjustements and their implicatios. No. 326, RSIS school of International Studies, Singapore, pp. (1-23). https://n9.cl/4zu44

لمواجهة التحديـات العالميـة الحاليـة، واسـتدامة الأمـن والازدهار عـلى المسـتوى العالمـي. وفي هـذا الإطار، أوضح الممثل الأعـلى للاتحـاد، جوزيـف بوريـل، أن الاستراتيجية تعكس اقتنـاع بروكسـل بـأن منطقـة الإندوباسـيفيك سـتعمل عـلى تشكيل وتحديـد «الاتجاهـات المسـتقبلية» للاقتصاد والسياسـة الدوليـة، والاستجابة للتحديـات الآنيـة، مـا يجعلهـا مـن بـين الأولويـات الاسـتراتيجية الموضوعـة عـلى أجنـدة بروكسـل، كـما تـم إدراجها في نطاق السياسة الخارجية الأوروبية المشتركة[29].

وتتبع الاسـتراتيجية الجديـدة مـن قبـل الاتحاد الأوروبي تدابـير سـابقة لزيادة المشـاركة مـع المنطقـة في مجموعـة مـن المجـالات: الاقتصـاد، والأمـن، والاتصـال، وتشـير بوضـوح إلى العلاقـة بـين الازدهـار الأوروبي والأمـن والاستقرار في المنطقـة. وتعكس كذلـك نيّـة صنّاع القـرار الواضحـة في بروكسـل، وضعَ الاتحـاد الأوروبي عـلى رأس هيـاكل الحوكمـة العالميـة والإقليميـة، ومـن ضمنهـا: منطقـة الإندوباسـيفيك؛ بهـدف الإسـهام الفعـال في استقرار المنطقـة وتنميتها، والإبقـاء عليهـا مفتوحـة أمـام التجـارة العالميـة، مـع تركيـز حصري عـلى تعزيـز الاسـتقلال والسـيادة الاستراتيجية للاتحاد. وعـلى الجانـب الآخـر، يتبنّـى الاتحاد الأوروبي مفهـوم «الاسـتراتيجية»، مـا يفيد ضمنيًـا أن رؤية بروكسـل تجاه المنطقة تجاوزت النظـرة التقليديـة السـائدة بوصفهـا «أولويـة اقتصاديـة»، لتشـكّل أيضًـا أولويـة مـن الناحيـة الجيوسياسـية والاسـتراتيجية، إذ تعمـل الاسـتراتيجية كآليـة لتعزيـز الاسـتقلال الـذاتي الاسـتراتيجي للاتحـاد لحمايـة أمنـه ومصالحـه الحيويـة، ومتابعـة أجندتـه الخارجيـة بتأكيـد حضوره في المنطقـة لاعبًـا رئيسًـا مـن خـلال المشـاركة النشـطة في سلاسـل القيمـة، وطرق التجـارة العالميـة الحاسـمة، والإسـهام أيضًـا في أمـن المنطقـة، لتجـاوز علاقـة «الصيمريكا»[30]،

---

29. J. Borell, (2021, June 03). The EU Approach to the Indo-Pacific: A Speech by the High Representative / Vice President Josep Borell. The Diplomatic Service of European Union. https://n9.cl/a278r

30. (Chimerica): مصطلح جديد صاغـه نيـال فيرغسـون (Niall Ferguson) وموريتـز شـولاريك (Moritz Schularick)، ويمكن تعريبـه بـ(الصيمريكا) يـدلّ عـلى علاقـة التعايـش بـين الصـين والولايـات المتحـدة، مـع إشـارة عرَضيـة إلى «كِمُير» (chimera)، الكائـن الأسـطوري الـذي يحيل إلى الوهـم والـسراب. وعـلى الرغـم مـن أن المصطلح يشـير إلى حـدٍّ كبـير إلى الاقتصاد، فإنه يحتوي على عنصر سياسي كذلك. (المحرر، نقلًا عن موسوعة ويكيبيديا - بتصرُّف).

إشارةً إلى الصين التي بدأت تهيمن تدريجيًّا على الاقتصاد في المنطقة[31]، والولايات المتحدة القوة المهيمنة على الأمن، وعدم الانحياز إلى أيٍّ منهما[32].

تتبنى بروكسل مقاربة متعددة الأطراف تنبني على أساس القيم والمبادئ المشتركة (احترام الديمقراطية، وسيادة القانون، وحقوق الإنسان)، والتعاون في منطقة الإندوباسيفيك، الذي يعدّ من منظور بروكسل أمرًا بالغ الأهمية في تنفيذ الأجندة العالمية، بما في ذلك تحقيق أهداف التنمية المستدامة (SDGs)، والالتزام باتفاقية باريس لحماية المناخ، سواء تعلق الأمر بتعزيز التعاون مع دول المنطقة ذات التفكير المماثل (على سبيل المثال: اليابان، تايوان، كوريا الجنوبية، سنغافورة، أستراليا...)؛ بهدف تنويع سلاسل القيمة وجعلها أكثر مرونة، خاصة في المواد التكنولوجية العالية الدقة، و«أشباه الموصلات» ضد الأزمات المستقبلية، أو تعلق الأمر بمجموعة الآسيان (ASEAN) -التي تؤكد الاستراتيجية على مركزيتها في معالجة مجموعة واسعة من القضايا (أمنية، سياسية، اقتصادية، وبيئية...)- خصوصًا في ظلّ جهود مجموعة الآسيان الهادفة إلى بناء هيكل إقليمي قائم على القواعد، ومبادرتها الرامية إلى وضع مدونة قانونية موضوعية ومُلزمة في بحر الصين الجنوبي، بما يتماشى مع ميثاق الأمم المتحدة لقانون البحار. وقد وضع الاتحاد الأوروبي خطة شاملة للتعاون مع تحديد سبعة مجالات رئيسية للعمل، تشمل: (التنمية الشاملة، والتحول الأخضر، وإدارة المحيطات، والحوكمة الرقمية، والاتصال والمواصلات، والأمن والدفاع، وحقوق الإنسان)[33].

---

31. بدأت الصين تهيمن بشكل تدريجي على الجانب الاقتصادي في منطقة الإندوباسيفيك خلال السنوات الأخيرة، من خلال إقامة تعاون إقليمي نشط، مثل الشراكة الاقتصادية للتعاون الإقليمي (RCEP)، التي ينظر إليها العديد من المحللين على أنها فن التحكم الاقتصادي الصيني في المنطقة. في مقابل ذلك، تدفع الولايات المتحدة اليابان وكوريا الجنوبية وأستراليا والدول التي توافقها في التوجُّه؛ للانضمام إليها في إطار تكتل جديد من أجل موازنة نفوذ الصين.

L. A. Surya and others. (2022). Biden and China's Economic Dominance in the Indo-Pacific: Pusat StudiPerdagangan Dunia. https://n9.cl/q58p7

32. European Commission. The EU Strategy ..., op. cit.

33. Ibid.

بإيجـاز، تُظهـر الاسـتراتيجية معلـمًا مهمًّا جديـدًا للاتحـاد الأوروبي في ثلاثـة جوانـب رئيسـية: أولًا، عـزم الاتحـاد الأوروبي عـلى إعـادة تحديـد موقعـه في النظام الـدولي مـن خـلال اسـتراتيجية الإندوباسـيفيك، الراميـة إلى تأكيـد المشـاركة والحضـور في المنطقـة كجهـة فاعلـة عـلى المسـتوى العالمـي. وثانيًـا، تأكيـد الاسـتقلالية والسـيادة الاسـتراتيجية لبروكسـل. وثالثًـا، توفّـر الاسـتراتيجية إرشـادات مهمـة لفهـم موقـف بروكسـل، والقضايـا والأدوات الرئيسـية التـي ينـوي بهـا صنّـاع القـرار الأوروبيـون متابعة أهدافهم في المنطقة، وتوفير بدائل للمسار الصيني-الأمريكي.

عـلاوة عـلى ذلـك، وامتثـالًا للأولويـة التـي يعطيهـا الاتحـاد الأوروبي لمنطقـة الإندوباسـيفيك، تـم إنشـاء منصـب المبعـوث الخـاص للمنطقـة في خدمـة العمـل الأوروبي الخارجـي (EEAS) في الفاتـح مـن سـبتمبر 2021، مـا يشـكّل دليـلًا عـلى زيـادة حضـوره والتزامـه تجـاه المنطقـة. وفي ديسـمبر مـن السـنة ذاتهـا (2021)، نـشرت المفوضيـة الأوروبيـة بإشراف الرئاسـة الفرنسـية، اسـتراتيجية البوابـة العالميـة (EU Global Gateway)، التـي تشـكّل آليـة ونموذجًـا في الآن ذاتـه، لكيفيـة بنـاء اتصـالات أكـثر مرونـة مـع بقيـة العـالم، تقـوم عـلى تعبئـة 300 مليـار يـورو مـن الميزانيـة العامـة والخاصـة للاسـتثمارات الخارجيـة، وتحديـدًا في مشـاريع البنيـة التحتيـة عاليـة الجـودة، وتطويـر الأسـواق الناشـئة في البلـدان الناميـة -في منطقـة الإندوباسيفيك وأفريقيا...- بحلول عام 2027 [34].

رابعًـا- الاسـتراتيجية الأوروبيـة بخصـوص الإندوباسـيفيك.. بـين اعتبارات «الاستقلال الاستراتيجي» والمطالبات الأمريكية

تكتسـب منطقـة الإندوباسـيفيك أهميـة متزايـدة في السياسـة والاقتصاد العالمـي، وتشـكّل أيضًـا سـاحة للمنافسـة العالميـة، وبـؤرة للتوتـرات الجيوسياسـية، بفعل المنافسة

---

34. European Commission. (2021, December). Global Gateway: Brussels. https://n9.cl/6z92o

الأمريكية-الصينية المحتدمة في المنطقة خـلال السـنوات الأخـيرة[35]. تبعًا لذلك، تعدّ الاسـتراتيجية الأوروبيـة المشـتركة بشـأن منطقـة واستراتيجية البوابـة العالميـة (GG)، بحسب المراقبـين، خطوةً في الاتجاه الصحيح، بالنسبة إلى الاتحـاد الأوروبي، الـذي يميل إلى ممارسـة دور دولي أكـثر استقلالية وحزمًا، وتأكيد نفسـه، بوصفه جهة اقتصادية وجيوسياسـية فاعلـة عـلى الساحة العالمية. هكـذا توضح استنتاجات مجلـس الإندوباسيفيك (16 إبريل 2021)، أن انخـراط الاتحـاد الأوروبي في منطقة الإندوباسيفيك ينبنـي مبدئيًّا عـلى رؤيـة طويلـة المـدى أساسُـها المشـاركة النشطة والتعـاون مـع الشركاء والانضمام إلى هيـاكل الحوكمة في المنطقة، إضافةً إلى تحمُّل المسؤولية الأمنية لاستدامة السـلم والاسـتقرار وتعزيز النظام القائم على القواعد في المنطقة، لمتابعة أجندته للسـيادة الاستراتيجية (الاستقلال الاستراتيجي) وتعزيـز قـدرة الاتحاد عـلى التصرف، بوصفه جهة فاعلة عالمية؛ حمايةً لقيمه ومصالحه[36].

ومـع ذلك، فـإن التنفيـذ لا يـزال في بدايتـه ويواجـه بعض الإكراهـات في ظـل هـذه البيئـة الجيوسياسية المتوترة، وتفاقم حالـة عـدم اليقين العالميـة، وتحديـدًا مـع الحـرب الروسـية-الأوكرانية، التـي شـكّلت، ولا تـزال، تهديـدًا وجوديًا لمنظومـة الأمـن الأوروبيـة الجماعيـة، عـلاوة عـلى انعكاسـاتها الاقتصادية والاجتماعيـة عـلى المسـتوى الـدولي. عمومًـا، وفي ظـلّ هـذه المتغيـرات الدوليـة، تُطرَح أسـئلة كثيرة حـول مسـتقبل الاستراتيجية الأوروبيـة، ومـن ضمنها ثلاثـة كبيرة فرضت

---

35. تنظر واشـنطن إلى الصعـود الصيني بوصفـه مصدر تهديد وجودي للتفوق الأمـريكي لا ينبغي التسـاهل ولا التصالح معـه، تبعًا لذلك، أطلقت الإدارة الأمريكية تحت قيادة بايدن مجموعة من المبادرات الاستراتيجية لاحتـواء الصين وكبح جماحهـا، خاصة في منطقة الإندوباسيفيك، اقتصاديًا، عـلى سبيل المثال: (Blue Pacific)، وأمنيًّا التحالف الرباعي (كواد)، و(أوكوس).

محمد أبـو غزلـة، وريم محسن الكنـدي. (إبريـل، 2022). كـواد وأوكوس.. الأهميـة الاستراتيجية والتداعيـات الإقليميـة والدوليـة، أبوظبي: تريندز للبحوث والاستشارات، سلسلة «دراسات استراتيجية»، العدد 16. //http: trendsresearch.org/publication.php?id=69#page=1

36. Council of the EU. (2021, April 16). Council conclusions on an EU Strategy for cooperation in the Indo-Pacific. https://n9.cl/0a7by

نفسها بقوة على النقاش بعد الغزو الروسي لأوكرانيا: أولًا، هـل تركيـز الاتحاد الأوروبي على الأمن في محيطه الإقليمي يعني بالضرورة تراجعًا في استراتيجيته لمنطقة الإندوباسيفيك؟ بعبارة أخرى، هل حُكِم على هذه الاستراتيجية بالموت منذ البداية؟ ثانيًا، هل الاستجابة الأوروبية للعقوبات الغربية على روسيا، التي عكست وحدة فريدة عبر الأطلسي، سيكون لها انعكاس كذلك على سياسات واشنطن وبروكسل في المنطقة؟ بمعنى، هل هي مقاربة مشتركة في منطقة الإندوباسيفيك، وتحديدًا إزاء الصين؟ هل تشكّل استراتيجية البوابة العالمية آلية لمنافسة مبادرة الحزام والطريق الصينية؟ وهل لديها الإمكانات لتقوم بذلك؟

بإيجاز، الإجابة عن السؤال الأول هي ببساطة «لا»، صحيح أن أولوية الأولويات بالنسبة إلى الاتحاد الأوروبي هي وضع نهاية للحرب الروسية-الأوكرانية وتعزيز أمنه الإقليمي، وحماية أمن ومصالح الدول السبع والعشرين الأعضاء، بَيْدَ أن مفهوم الأمن الذي اتسع ليشمل أيضًا ما هو اقتصادي، يستوجب مشاركة نشطة وفعالة لبروكسل في منطقة الإندوباسيفيك، التي يرتبط بها أمن ومستقبل الاتحاد الأوروبي ارتباطًا وثيقًا، بحكم الترابط الاقتصادي القوي (يمر نحو 40% من تجارة الاتحاد الأوروبي من بحر الصين الجنوبي). هكذا تعمل سياسات الصين العدوانية في المنطقة، خاصة موقفها المتشدد تجاه تايوان، ما يجعل المشاركة الأوروبية أمرًا حاسمًا، ولا رجعة فيه، ويقتضي بناء شراكات قوية مع دول المنطقة للحفاظ على الاستقرار والإبقاء عليها حرة ومفتوحة أمام التجارة العالمية[37].

بشكل عام، من الواضح جدًّا أن منطقة الإندوباسيفيك التي تشهد ديناميكية متزايدة، تشكّل محطَّ تقدير كبير بالنسبة إلى الدول الأعضاء المشكِّلة للاتحاد الأوروبي، وتعدّ بمنزلة أولوية في الأجندة الخارجية الأوروبية، خصوصًا مع تولّي فرنسا رئاسة المجلس الأوروبي. وفي هذا الإطار، أكدت وزارة الخارجية الفرنسية على خلفية

---

37. C. Pajon, and J. Bachelier. (2023, April). Europe's Indo-Pacific Strategy in the Face of Sino-American Tensions: China – United States; Europe of Balance. IFRI, pp. 17-18.

المنتـدى الـوزاري للتعـاون في منطقـة الإندوباسيفيك، الـذي جمـع وزراء خارجيـة الاتحـاد الأوروبي، ووزراء خارجيـة ثلاثـين دولـة مـن منطقـة الإندوباسيفيك، أن لهـذه المنطقـة أهميـة كبـيرة بالنسـبة إلى الاتحـاد الأوروبي، وتشـكّل ركيـزة مـن أجـل المـوازنـة الجيوسياسية، وهـو مـا يقتضي إعـادة ضبـط علاقاتـه مـع هـذه المنطقـة الواسـعة والأكـثر ديناميكية، إذا أراد إثبات نفسه كقوة فاعلة جيوسياسياً على المسرح العالمي[38].

سـيكون مـن غـير الواقعي للغايـة أن نتوقـع أن جـدول أعـمال الاتحـاد الأوروبي بخصـوص منطقـة الإندوباسيفيك، يمكـن تنفيـذه بالكامـل، خاصـة في ظـل اسـتمرار الحـرب في أوكرانيـا التـي تضـع حتـمًا قيـودًا عـلى القـدرات والمشـاريع الأوروبيـة في أماكـن أخـرى. عـلى سـبيل المثـال: مـشروع (البوابـة العالميـة) التـي يعتـزم الاتحـاد الأوروبي مـن خلالهـا الاسـتثمار في مشروعـات البنيـة التحتيـة العالميـة، بمـا في ذلك في منطقة الإندوباسيفيك[39]. غير أن اسـتمرار الحـرب الروسـية-الأوكرانية وعواقبهـا عـلى القـارة، يسـتوجبان كذلـك مشـاركة أوروبيـة أكـبر في المنطقـة، لجـذب حكومـات دول منطقـة الإندوباسـيفيك إلى جانبهـا، لدعـم العقوبـات الغربيـة المناهضـة لروسـيا (في هـذا الإطـار: تعـدّ اليابـان، وكوريـا الجنوبيـة، وأسـتراليا، ونيوزيلانـدا وسـنغافورة، أقـوى الداعمـين للعقوبـات الغربيـة عـلى روسـيا). فيـما لا تـزال الهنـد ودول مجموعـة الآسـيان، باسـتثناء سـنغافورة، متـرددة واختـارت الصمـت. وهـذا مـا تؤكـده زيـارة المستشار شـولتس لطوكيـو؛ حيـث أكـد في اجتماعـه مـع رئيـس الـوزراء اليابـاني، كيشـيدا، أن ألمانيـا والاتحـاد الأوروبي عازمـان عـلى تقويـة العلاقـات مـع دول الإندوباسيفيك التـي تتشـارك القيـم نفسـها لوضـع نهايـة للغـزو الـروسي لأوكرانيـا، ورسـالة واضحـة حـول المسـؤولية المشـتركة لاسـتعادة السـلام والاسـتقرار في أوكرانيـا، لأن السـماح بالتغيـير الأحـادي الجانـب للوضـع في أوكرانيـا مـن شـأنه أن يرسـل رسـالة أخـرى خطـأ إلى الصـين، ويطلـق جماحهـا لتغيـير

---

38. Minister des Affairs Etrangers. (2022, Feb 22). Ministerial Forum for Cooperation in The Indo-Pacific: Paris. https://n9.cl/n0fk8

39. F. Kleim. (2022, May 28). How the EU Can Still Succeed in the Indo-Pacific Despite the War in Ukraine: THE DIPLOMAT. https://n9.cl/c7syz

الوضع القائم في شرق آسيا[40]. ومـن ثـم، فـإن مـن مصلحـة الاتحـاد الأوروبي زيـادة مشـاركته لكسـب دول الآسـيان لدعـم وجهـة نظـر بروكسـل، وهـو مـا مـن شـأنه أن يفتـح أيضًـا نافـذة الفرصـة لتوسـيع نفـوذه الجيوسياسي. في هـذا السـياق، نبّهت الخارجيـة الفرنسـية في بيانهـا إلى أهميـة عـدم إدارة ظهرهـا للحـرب الروسـية-الأوكرانية أو اعتبارهـا مشـكلة أوروبيـة حصريًا، فكل شيء مرتبط بالميثاق العام للأمم المتحدة لسيادة الدول وسلامتها[41].

وبخصـوص السـؤال الثـاني، بينـما تحـدّد القـوى الأوروبيـة (فرنسـا، وألمانيـا، وهولنـدا...) اسـتراتيجياتها في الإندوباسيفيك، عـلى أنهـا اسـتراتيجيات أوروبيـة، بمعنى أنهـا تُؤطَّـر في سـياق الجهـود الأوروبيـة لتحقيـق قـدر أكـبر مـن الاسـتقلال الاسـتراتيجي؛ وأنهـا تعكـس طمـوح قـادة بروكسـل للتنويـع وتفكيـك التبعيـات، ومتابعـة الأجنـدة الأوروبيـة للسـيادة الاستراتيجية، ومـع ذلـك، فـإن تبنّـي مفهـوم الإندوباسـيفيك، يُبيِّـن أن موقـف بروكسـل مبدئيًّـا يبـدو أكـثر اتسـاقًا مـع واشـنطن منـه مـع بكين، سـواء مـن حيـث التحديـد الجغـرافي للمنطقـة، أو التركيـز عـلى القيـم كبوصلـة موجِّهـة للعمـل الخارجـي، عـلاوة عـلى مشـاركة الأهـداف نفسـها (الحفـاظ عـلى الأمـن والاسـتقرار في المنطقـة، والتعـاون مـع الشـركاء الذيـن يشـاطرونهم الآراء والتوجُّهـات) للإبقـاء عـلى المنطقـة حـرة ومفتوحـة. عمومًـا، وعـلى الرغـم مـن بعـض الأصـوات الأمريكيـة المطالِبـة بتركيـز أكـبر عـلى الصـين، وغضّ الطـرف عـن المشـكلات الأخـرى، ومـن ضمنهـا الحـرب الروسـية-الأوكرانية، فـإن الاسـتجابة الغربيـة للتعامـل مـع الغـزو الـروسي لأوكرانيـا، والدعـم الأمريكـي اسـتخباراتيًّا، وعسـكريًّا، واقتصاديًّـا لكييـف، شـكّلا علامـة عـلى التضامـن القـوي بـين ضفَّتَـي الأطلـسي وبـدّدا كثـيرًا مـن المخاوف التي انتشرت في ظل إدارة ترامب[42].

---

40. M. Yamaguchi. (2022, April 29). In Japan, Scholz Says Germany Seeks Closer Ties With Indo-Pacific: The Diplomat. https://n9.cl/winqr

41. M. Julian, and T. Kastouéva. (2023, April). China and Russia; The Anti-Western Axis and the Limits of the Bilateral Partnership: China – United States; Europe of Balance. IFRI, pp. 39-41.

42. L. Nardon. (2023, April). The United States' Growing Hostility Toward China: China – United States; Europe of Balance. IFRI, pp. 11-13.

علاوة على ذلك، ثمة أيضًا مجموعة من الأسباب التي تدفع نحو مزيد من تنسيق الموقف الأوروبي-الأمريكي في المنطقة، ومن ضمنها: أولًا، ضعف القدرات الأمنية والدفاعية للاتحاد الأوروبي، على الرغم من السوق الأوروبية الواسعة. والثاني، صعوبة اتخاذ القرار للاختلافات بين الدول الأعضاء، على الرغم من كون الاتجاه العام السائد الآن في بروكسل، ينظر بوضوح إلى العواقب الاستراتيجية للصعود الصيني، وكيفية التعامل مع سياسات بكين التي تعمل على مراجعة وتقويض ركائز النظام الدولي القائم على القواعد (إنها تريد استبدال التعددية بهيكلية مركزية ومحدَّثة تتمحور حول الصين). هكذا، وفي ظل موقف الصين المتشدّد تجاه تايوان، وأيضًا علاقات بكين المزدهرة مع موسكو، على سبيل المثال، وإعلان بكين وموسكو لصداقة غير محدودة (فبراير 2022)، والدعم الشخصي للرئيس بوتين، بعد قرار محكمة الجنايات الدولية بإيقافه (مارس 2023)، فإن من مصلحة بروكسل -التي أدرجت الصين بوصفها منافسًا راسخًا- تعزيز تعاونها مع شركاء المنطقة الذين يشاطرونها الآراء والتوجُّهات، وتنسيق السياسات مع واشنطن، بشرط أن تكفّ واشنطن عن إملاء الدروس على بروكسل، والنظر إلى الاتحاد الأوروبي، بوصفه شريكًا صغيرًا تلجأ إليه عندما تحتاج إلى المساعدة، وتتغاضى عنه في الأوقات الجيدة (أوكوس وصفقة الغواصات النووية على سبيل المثال)[43].

وعليه، عندما تلتقي بروكسل وواشنطن في آسيا قد لا تكونان بالضرورة مستقلّتين للقارب نفسه (الشراكة عبر الأطلسي)، بَيْدَ أن كلًّا من بروكسل وواشنطن، بحسب المراقبين، تتشاركان شيئًا ذا أهمية عميقة جدًّا: الرؤية، والقيم، والقوة الناعمة، والاستعداد للعمل معًا لحماية النظام القائم على

---

43. محمد غاشي، (إبريل 2023). من الشراكة الاستراتيجية إلى المنافسة النظامية: حدود التغيير في السياسة الخارجية الألمانية تجاه الصين، أبوظبي: مركز تريندز للبحوث والاستشارات. /http://trendsresearch.org research.php?id=34

القـواعد وسيـادة القانـون الدولي[44]. وعلى الجـانـب الآخر، نظـرًا إلى أن التعـاون لا يتطلّب التوافـق، أو يـؤدي بالـضرورة إلى التوافـق، فثمة سبب آخـر لاستمرار التعـاون بـين بروكسـل وواشـنطن، وهـو أنـه لا الاتحاد الأوروبي ولا الولايـات المتحـدة يمتلـكان بشـكل مستقل المـوارد اللازمة لمواجهـة التحديـات الدفاعيـة والاقتصاديـة في منطقـة الإندوباسيـفيك. وهـو مـا دعَـت إليـه استراتيجية الأمـن القومـي الأمريـكي الجديـدة (أكتوبـر 2022)، مؤكـدة الحاجـة إلى تنسـيق أوثـق بـين مختلـف الـشركاء والمنتديـات، مـن خـلال «تعزيـز التحالفـات الرئيسـية للولايـات المتحـدة في أوروبـا ومنطقة الإندوباسيفيك»[45].

مـن زاويـة أخـرى، نظـرًا لأن الـشركاء الاقتصاديـين لم يعـودوا بالـضرورة حلفـاء عسـكريين كـما في السـابق، فمـن مصلحـة بروكسـل تقليـل المخاطر بـدلًا مـن قطـع العلاقـات مـع الصين، لأن ذلـك سيكون ضـارًا بالاقتصـاد الأوروبي والازدهـار العالمـي، بـل سيكون مسـتحيلًا كذلـك (تشكل الصين 20% مـن واردات الاتحـاد الأوروبي، مقابـل 12% لمصلحـة الولايـات المتحـدة). ويبـدو هـذا منطقيًّا أيضًا لمجموعـة مـن الأسبـاب، مـن ضمنها كـون الصـين لهـا أهميـة حيويـة بخصـوص بلـوغ أهـداف التنميـة المستدامة، وخاصـة اتفاقيـة باريـس بشـأن تغيّر المنـاخ. وأيضًا بالنظر إلى سـياق الحـرب الروسـية-الأوكرانية، لا تـزال العواصـم الأوروبيـة تأمـل أن تـؤدي بكـين، التي تقـدم نفسـها فاعـلًا دوليًّا مسؤولًا عـن حمايـة الأمـن والقانـون الـدولي، دورًا إيجابيًّا في إنهاء هذه الحرب التي تشكّل تهديدًا حقيقيًّا لمنظومة الأمن الأوروبية[46].

44. A. Stahl. (2021, September 13). What will the EU's Indo-Pacific Strategy deliver?: Hertie School, Jacques Delors Centre. pp. (1-4). https://n9.cl/9i226

45. The White House, National Security Strategy, October 2022, https://www.whitehouse.gov/wp-content/uploads/20228-/11/November-Combined-PDF-for-Upload.pdf

46. S. Islam. (2022, March 17). The EU in the Indo-Pacific: Strategic Engagement but not the Priority: Italian Institute for International Political Studies (ISPI). https://n9.cl/jbzv9

خامسًا- الاتحـاد الأوروبي والحاجـة إلى تحمّـل مسـؤولية أكـبر في الإندوباسيفيك

أكـد المحللـون أن الاتحـاد الأوروبي لاعـب رئيسـي في السياسـة الدوليـة، لكـن تصرفاتـه لا تقـوم علـى وضـوح كافٍ. وفي هـذا الإطار توصّـل قادة المجلس الأوروبي في (فبرايـر 2021) بوضـوح إلى قناعـة، مفادُهـا ضرورة تبنّـي مسـار عمـل أكـثر استراتيجية، والرفـع مـن القـدرات الأوروبيـة للدفاع والتصرف بشـكل أكـثر استقلالية، عـلاوة علـى تحمّـل مزيـد مـن المسـؤولية والاستثمار في شراكات قويـة وتقاسُم الأعبـاء علـى السـاحة العالميـة، بمـا في ذلك منطقة الإندوباسيفيك، وهو مـا جـرى تأكيـده مع نشـر الاستراتيجية الأوروبيـة للتعاون في تلك المنطقـة. وارتباطًا بذلك، سنركز على قضيتين على درجة عالية من الأهمية: الأمن، والاقتصاد.

1.   على المستوى الأمني

بوصـف الاتحـاد الأوروبي قـوة تجاريـة، فـإن لـه مصلحة في الإبقـاء علـى المنطقـة مفتوحـة وتعزيـز السـلم والاسـتقرار الإقليمـي هنـاك، خصوصًـا في ظـل التحـولات الجيوسياسـية القائمـة. هكـذا، وفي غيـاب البحريـة الأوروبيـة يتـم تفويـض الجانب التنفيـذي لهـذه العمليـة لصالـح الـدول الأعضـاء، وحتـى الآن تتـولى ثـلاث دول أعضاء هـذه المهمـة، وهـي: فرنسـا، وألمانيـا، وهولنـدا، التي تشـجع أسـاطيلها علـى أداء دور اسـتراتيجي علـى مسـتوى عالمـي واسـتدامة المرونـة البحريـة. وإذا كان حضـور البحريـة الفرنسـية في الإندوباسيفيك يعـدّ سـمة جوهريـة سـائدة في ظل الوجود التاريخي لفرنسا هنـاك (بوصفهـا قـوة مقيمـة في المنطقـة)؛ حيـث يعـدّ وجودهـا البحري مؤثـرًا، ومـع ذلـك، فقـد كان للانتشار الفرنسي في الآونـة الأخيـرة نكهـة أوروبيـة خالصة مـن خلال اسـتضافة وتنسـيق الجهـود مع الـدول الأعضـاء، وأولها ألمانيـا، التي تصدّرت المشـهد مع إرسـال الفرقاطـة البحريـة (Bayern)، وأيضًـا المشـاركة في المناورات البحريـة، وإرسـال فـرق جويـة عـبر بحـر الصيـن الجنـوبي في طريقهـا إلى أسـتراليا، كرسـالة مطمئنة للـشركاء الرئيسـين في المنطقـة -أسـتراليا، واليابـان، وكوريا الجنوبية- مـا يشـكل خروجًـا عـن

عقيدتها الأمنية. وبجانب فرنسا وألمانيا، تتولى البحرية الملكية الهولندية ذات التقاليد البحرية العريقة، بنشر أسطولها البحري في المنطقة، الانضمامَ إلى الانتشار الـذي تقوده المملكة المتحدة كعلامة على الالتزام بحرّية الملاحة والاستقرار وقانون البحار، إضافة إلى الانضمام لمناورات عدة مع اليابان وسنغافورة والولايات المتحدة[47].

بشكل عام، حظيَ الوجود والنفوذ البحري المتزايد من قبل القوات البحرية الأوروبية عقِب نشر «استراتيجية التعاون في الإندوباسيفيك» في (سبتمبر 2021)، بقبـول حسـن من دول المنطقة باستثناء الصين. ففي مواجهة الاستقطاب والتنافس الجيوسياسي المتزايد بين الولايـات المتحـدة والصـين، تنظـر دول المنطقـة إلى الاتحـاد الأوروبي بوصفـه طرفًـا مُوازنًـا، وعنصرًا رئيسيًا لضمان الأمن والاستقرار في المنطقة التي تشكّل مركز الثقل الاستراتيجي العالمي. وفي هـذا السـياق، تحظـى المشاركة الأوروبية المتزايـدة في المياه الإقليمية لمنطقـة الإندوباسـيفيك بدعـم وترحيب خـاص، مـن الكتلـة المسـمّاة «شركاء متقاربـين في الأفكار» (Likeminded partners)، التـي تضـم أساسًـا: اليابـان، وكوريـا الجنوبيـة، والهنـد، وأسـتراليا، ونيوزيلانـدا، وتايـوان. وبجانب هـذه المجموعـة، ترحب الولايـات المتحـدة، القوة الرئيسية المسـؤولة عـن الأمـن في الإندوباسـيفيك، بزيـادة المشاركة الأوروبيـة في المنطقـة، وإن كانـت تراهـا لا تـزال محـدودة، وتدعـو لتقاسـم الأعبـاء، عـلى الرغـم مـن بعض الانتقادات الموجهة إلى بروكسل، التي ترى في العملية محاولة للتحرر من المظلة الأمنية الأمريكية[48].

تبعًـا لذلـك، يعدّ التعـاون مـع شركاء منطقـة الإندوباسيفيك أمرًا حيويًـا لتقاسـم الأعبـاء فيـما يتعلـق بأمـن الممـرات الحيويـة. علـاوة عـلى ذلـك، وبجانـب الإسـهام النشـط في البيئـة الأمنيـة البحريـة المتقلبة في تلك المنطقـة، يمتلك الاتحاد الأوروبي قدرات عاليـة للإسـهام أيضًـا في أشكال الأمـن غـير التقليـدي، كالأمـن السـيبراني، عـلى سـبيل المثـال، وكذلـك المشـاركة في الحوكمـة والإدارة البحريـة ووضـع المعايـير. مـن

47. E. Pejsova. (2023, March). The EU's Naval Presence in the Indo-Pacific: What It Is Worth?: The Hague Center for Strategic Studies. Netherlands, pp. 2-5. https://n9.cl/fm70gw

48. Ibid., pp. 6-7.

زاويــة أخــرى، وعلــى الرغــم مــن أن عمليــات الانتشــار والمشاركة الأوروبيــة تتخـذ صيغًا مختلفة، فإنها تهدف من حيث الجوهر إلى إرسال الرسائل نفسها:

أولًا، تُعبّر عــن قلــق متزايـد في العواصـم الأوروبيـة بخصـوص أيّ تدهـور محتمَل للوضع الأمني الإقليمي في منطقة الإندوباسيفيك ذات الأهمية الحيوية لاقتصاد الاتحاد الأوروبي وأمنه.

ثانيًا، تعمـل علــى طمأنـة الشــركاء في المنطقـة، ولاسيما اليابـان، وكوريا الجنوبيـة، والهنـد، وأسـتراليا، بــأن الاتحـاد الأوروبي علــى اسـتعداد لتحمّـل مسـؤولية أكـبر وتقاسُم الأعباء في أوقات الأزمات.

ثالثًا، يأتي الانتشار البحري مباشرة عقِب نشر الاستراتيجيات الوطنيـة واستراتيجية الاتحـاد الأوروبي بخصـوص منطقـة الإندوباسـيفيك، مـا يـؤشر إلى عـزم الاتحـاد الأوروبي علــى المـضي قدمًا لتأكيـد حضـوره كجهـة فاعلـة جيوسياسية في المنطقة التـي تشكّل مركز الثقـل الاستراتيجي، والسـاحة التـي سترسـم الاتجاهات المسـتقبلية للسياسة العالمية[49].

رابعًا، يهدف الانتشار البحري، خاصـة في المناطـق المتنازَع حولها في بحر الصين الجنـوبي، إلى إرسـال رسـالة، مفادُهـا أن القواعـد الدوليـة للطرق، بمـا في ذلك الملاحـة البحرية، تجب مراعاتها واحترامها.

خامسًا، تشكّل فرصة لاختبار رد الفعل الصيني تجاه الانتشار البحري الأوروبي[50].

يهـدف الانتشـار البحري إلى الإسـهام في الاسـتقلال الاستراتيجي للاتحاد الأوروبي ويبعث برسـائل إيجابيـة حـول تحمّـل مسـؤولية أكـبر وتقاسـم الأعباء مـع شركاء المحيطَين الهنـدي

---

49. Ibid., p. 8.

50. Ch. San-man, (2023, April). Analysis of and Recommendations for European Naval Presence in the Indo-Pacific Region: The Hague Center for Strategic Studies. Pp. 2-3. https://n9.cl/h6wla

والهـادي، بَيْدَ أن القـدرة الأوروبيـة علـى توفيـر الأمـن البحـري في المنطقـة تظل محـدودة، نظراً إلى طبيعـة التهديـدات وحجم التحديـات الأمنيـة البحريـة بشكل عـام، علاوة علـى أن انـدلاع الحـرب الروسـية-الأوكرانية يَحُـدُّ مـن القـدرات الأوروبيـة. هكـذا تنـص الوثيقـة الاستراتيجية الجديـدة بخصوص التحديث البحري (مـارس 2023) تحت إشراف المفوضية الأوروبيـة، علـى تقويـة القـدرات البحريـة للاتحـاد الأوروبي للانخراط في التصدي للتهديـدات البحرية، ومن ضمنها تلك الموجودة في منطقة الإندوباسيفيك[51].

والحالـة هـذه، يميـل المراقبـون إلى تصنيـف مقاربـة الاتحـاد الأوروبي في الإندوباسيفيك ضمـن استراتيجية القوة المتوسطة (Middle Power)، التـي تهـدف إلى تعزيـز السـلم والاسـتقرار في النظـام الـدولي مـن خـلال التعدديـة، ويشـير هذا النهـج أيضًـا إلى تفضيـل خيار العمـل مـن خـلال المؤسسـات متعددة الأطراف، أو في إطار تكتـلات فـوق وطنيـة تضـم دولًا تشـترك في الآراء والتوجُّهـات علـى أسـاس تقـارب المصالـح، بـدلًا مـن السـعي وراء المصلحـة الوطنيـة مـن جانـب واحـد[52]. ووفقًـا لهـذا المنظـور، يُتوقَّـع أن يدفع الاتحـاد الأوروبي باتجاه تطويـر مقاربـة خاصة تنبنـي علـى التعـاون بـدلًا مـن المنافسـة، وهـو مـا يفيد التعـاون والتنسـيق بشـكل أكـبر مـع الشـركاء المماثلـين في المنطقـة (اليابـان، وكوريـا الجنوبيـة، والهنـد، وأسـتراليا...)، ومجموعـة الآسـيان، إضافـةً إلى تبنّـي سياسـات أقـل تشـدّدًا تجـاه الصـين بـدلًا مـن التوافـق التـام مـع الحليـف التقليـدي والقـوة الأمنيـة المهيمنـة في المنطقـة، الولايـات المتحـدة. وعليـه، فـإن مـن شـأن اسـتراتيجية القوة المتوسـطة في منطقـة الإندوباسـيفيك أن تسـمح للاتحـاد الأوروبي بتعزيـز اسـتقلاليته الاستراتيجية، وكذلـك صورتـه علـى المسـتوى العالمـي، خصوصًـا إذا نجـح في رسـم مسـار خـاص بعيـدًا عن الاستقطاب والمنافسة الجيوسياسية بين الولايات المتحدة والصين.

---

51. European Commission. (2023, March). On the Update of The EU Maritime Security Strategy and its Action Plan. https://n9.cl/lo6qe

52. S. Kemm, and P. V. Hooft. (2023, January). Capability and Ambition Mismatch in The Indo-Pacific; a Middle Power Strategy for the EU: The Hague Center for Strategic Studies. https://n9.cl/wmfn0

2. على المستوى الاقتصادي

مـن الناحيـة الاقتصاديـة يتمثل الشـغل الرئيـسي لصنّاع القرار في كل مكان، بما في ذلـك الاتحـاد الأوروبي، عـلى وجـه الخصـوص، باعتبـاره قـوة تجاريـة بامتيـاز، في التفكـير بمعالجـة تحديـات سلاسـل التوريـد التـي تشـهد وتعـاني اضطرابًا بفعـل المنافسـة الجيوسياسـية. وفي هـذا السـياق، لا توجـد منطقـة أخـرى تحتـاج إلى إجـراءات فوريـة بشـكل أكبـر مـن منطقـة المحيطين الهنـدي والهادي، التـي تشـكل مركـزًا رئيسـيًّا فيـما يتعلـق بسلاسـل القيمـة العالميـة، ولاسـيما في قطاعـات التصنيـع الحيويـة كأشبـاه الموصّلات، والسـيارات الكهربائيـة، والرقـائق الإلكترونيـة... وهـو مـا يفسـر أيضًا النقـاش السـائد في الدوائـر الأوروبيـة في الآونـة الأخيـرة، حـول «فـك الارتبـاط»، مقابـل «عـدم المخاطـرة»، فعـلى عكـس الإدارة الأمريكيـة، تتوخـى المفوضيـة الأوروبيـة تقليـل المخاطـر وتقليـص التبعيات أحاديـة الجانب بـدلًا من «الانفصـال». في هـذا السـياق، جـرى إطلاق السياسـة الصناعيـة للاتحاد الأوروبي في عـام 2020، وجـرى تحديثهـا في عـام 2021 نتيجـة للوبـاء. وتكشـف المراجعـات وعملية التقييم مدى عمق التبعيات، خاصة للصين[53].

ومـع وضـع هـذه الحقائـق في الاعتبـار، فـإن واحـدة مـن أولويـات السياسـة الخارجيـة للاتحـاد الأوروبي هـي إقامـة سلاسـل إمـداد عالميـة مسـتدامة ومتنوعـة وآمنـة في مرحلـة مـا بعـد الجائحـة والحـرب الروسـية-الأوكرانية، تأخـذ التركيـز الأسـاسي بعيـدًا عـن التصنيـع الصينـي. وفي هـذا الصـدد تنـدرج اسـتراتيجية البوابة العالميـة (Global Gateway)، التـي أصدرهـا الاتحـاد الأوروبي في ديسـمبر 2021، التـي تبحـث عـن بنـاء سلاسـل إمـداد عبـر قطاعـات جديـدة، وتعمل أساسًا عـلى تأكيـد ربـط الاتحـاد الأوروبي بآسـيا، وتحديـدًا منطقة الإندوباسيفيك ذات الثقـل الاقتصادي والاستراتيجي، عـبر إنشـاء روابط ذكيـة ومستدامة وآمنـة، وتركـز عـلى

---

53. F. Fasulo, (2023). The EU Indo-Pacific Bid: Sailing through Economic and Security Competition. ISPI, Milan, pp. 23-25. https://n9.cl/kngtp

قطاعـات ذات أولويـة وهـي: (التكنولوجيـا الرقميـة، والانتقـال الطاقـي، والمنـاخ، والنقـل، والرعايـة الصحيـة، والتعليـم والبحـث). وفي هـذا السـياق أعلنـت رئيسـة المفوضيـة، أورسـولا فـون ديرلايـن، أن بروكسـل سـتدعم الاسـتثمارات الذكيـة في هذه المجـالات عاليـة الجـودة، مـع احـترام أعـلى المعايـير الاجتماعيـة والبيئيـة، بـما يتماشى مـع قيـم ومعايـير الاتحـاد الأوروبي. عـلاوة عـلى ذلـك، تقـدّم اسـتراتيجية البوابـة العالميـة عرضًـا أوروبيًـا واضحًـا يعتمـد عـلى القيـم الديمقراطيـة والشراكات المتسـاوية والاستدامة البيئية والبنية التحتية الآمنة ودمْج القطاع الخاص[54].

تشـكل «البوابـة العالميـة» أحـدث جهـود الاتحـاد الأوروبي لتحديـث اسـتراتيجيته للاسـتجابة الفعالـة للتحديـات الجيوسياسية، وترسـيخ مكانتـه كـ «فاعـل جيوسياسي»، ولاسـيما في منطقـة المحيطـين الهنـدي والهـادي، وأفريقيـا، وتمثـل اسـتمرارًا موضوعيًـا لاسـتراتيجية الاتصال بـين الاتحـاد الأوروبي وآسـيا (2018)، وشراكات الاتصـال مـع اليابـان والهنـد... كـما تحمـل، بحسـب المراقبـين، بـذور شيء جديـد ومهـم مـن الناحية الجيوسياسـية في حالـة مـا إذا تـم تنفيذها بشـكل فعـال. وتمثـل، بحسـب المراقبين، الاتجـاه الأحـدث في سلسـلة مـن الإجـراءات والاسـتراتيجيات الأوروبيـة المصممـة لتعكـس وتنتـج بديـلًا قابلًـا للتطبيـق لمبـادرة الحـزام والطريـق الصينيـة (BRI)، في سـياق يتسـم باحتـدام المنافسـة الجيوسياسـية، ويشـهد أيضًـا تصاعـد المخـاوف داخـل دوائـر السياسـة في بروكسـل، خاصة في ظـل الصعـود الصينـي، ومـا أفـرزه مـن آثـار جانبيـة اقتصاديـة واجتماعيـة وسياسـية ودبلوماسـية، ولاسـيما في أجـزاء مـن العالـم؛ حيـث المصالـح الاسـتراتيجية للاتحـاد الأوروبي في الجنوب العالمي، تقف على المحك (أفريقيا، والإندوباسيفيك).

تعمـل الاسـتراتيجية عـلى نقـل الاتحـاد الأوروبي مـن واحـد مـن أكـبر الجهـات المانحـة إلى جهـة تقـود الاسـتثمارات الخارجيـة ونمـوذج للحوكمـة عـلى المسـتوى العالمـي. وتنبنـي بالأسـاس عـلى خمسـة مبـادئ رئيسـية: أولًـا، تبنّـي مقاربـة تنبني

---

54. European Commission. (2021, December). Global Gateway: Brussels. https://n9.cl/6z92o

على القيـم والمعايـير الأوروبيـة للحوكمـة. ثانيًا، إقامـة شراكـات عـلى أسـاس المسـاواة والتعـاون. ثالثًـا، جعـل الاقتصـاد الأخـضر والمنـاخ والتكنولوجيـا الصديقـة للبيئـة في طليعـة الأولويـات. رابعًـا، أمـن البنيـة التحتيـة الحيويـة. خامسًـا، تحفيـز القطـاع الخـاص للاسـتثمار[55]. وهـو مـا يؤسـس لـ «علامـة تجاريـة» دوليـة ذات مصداقيـة وموثوقيـة وتنافسـية في آن، تعمـل عـلى تعزيـز دور الاتحـاد الأوروبي كلاعـب عالمـي يتمتـع ليـس فقـط بالقـدرة عـلى وضـع المعايـير والقواعـد وإصـلاح السـياسات، وإنمـا أيضًـا بجلـب الـدول الأعضـاء السـبع والعشريـن للاتحـاد للعمـل معًـا وبشـكل فعـال، ووضـع نفسـه في قلـب المنافسـة في عـالم يشـهد تحـولات وتوتـرات جيوسياسـية. هنا صرحـت رئيسـة المفوضيـة الأوروبيـة، أورسـولا فـون ديـر لايـن، بـأن الغايـة الأساسـية مـن هـذا المـشروع تكمـن في مَوضَعـة الاتحـاد الأوروبي بقـوة داخـل بيئـة دوليـة أكـثر تنافسـية، والسـعي لنيـل الاعتراف الدولي[56].

إجـمالًا، وبرغـم أن البوابـة العالميـة لا تـزال في مراحلهـا الأولى، فإنهـا تتمتـع بمجال كبـير للتوسـع ومسـاحة للعمـل مـع شركاء متشـابهين في التفكـير، وهنـا تـبرز مجموعـة الآسـيان والهنـد واليابـان وأسـتراليا، باعتبارهـا مـن أكـبر اقتصـادات منطقـة الإندوباسـيفيك كمفاتيـح رئيسـية تخـدم الاسـتراتيجية الأوروبيـة للتنويـع وتعزيـز الاسـتقلال الاسـتراتيجي المفتـوح مـن خـلال تعزيـز مرونـة سلسـلة التوريـد؛ بهـدف تحقيـق نمـوٍّ قـوي ومسـتدام ومتـوازن وشـامل في الاتحـاد الأوروبي. وعـلى الجانـب الآخـر، يجـب أن ينظـر الاتحـاد الأوروبي في الانضـمام إلى الاتفاقيـة الشـاملة والمتقدمـة

---

55. Ch. Teevan, S. Bilal and Others. (2022, June). The Global Gateway: A Recipe for EU Geopolitical Relevance?: ECDPM. Discussion Paper No. 323. pp. (1-14), pp, 1-2. https://n9.cl/kzzsu2

56. European Commission. (2022, September 22). Global Gateway President Von Der Leyen announces funding: Press release, Brussels. https://n9.cl/a0te3

للشراكة عبر المحيط الهادي (CPTPP)[57]؛ حيث من المرجح أن تمكِّن مثل هذه الخطوة من جعل الاتحاد الأوروبي جزءًا من سوق كبير، الأمر الذي سيمكّنه من التصرف والإسهام في صياغة المعايير المستقبلية والمشاركة بشكل متزايد في المنطقة، وفي النهاية تعزيز استقلاليته الاستراتيجية واكتساب المزيد من النفوذ الجيوسياسي، والعمل من داخل هذا التكتل الاقتصادي على موازنة الصين، خصوصًا أن أعضاء CPTPP هم جميعًا من المروّجين الأقوياء للنظام العالمي متعدِّد الأطراف، وللجهود المبذولة لتعزيز وتحديث منظمة التجارة العالمية.

---

57. تُعدُّ الاتفاقية في الأصل مبادرة أمريكية أطلقتها إدارة أوباما لموازنة النفوذ الصيني المتزايد في منطقة الإندوباسيفيك، بَيْدَ أنها لم تحظَ بموافقة الكونغرس، وبعد ذلك سحب الرئيس ترامب توقيع الولايات المتحدة في يناير 2017، وهو أحد قراراته الأولى كرئيس. ومع ذلك، واصلت الدول الإحدى عشرة العملية (أستراليا، وبروناي، وكندا، والشيلي، واليابان، وماليزيا، والمكسيك، ونيوزيلاندا، والبيرو، وسنغافورة، وفيتنام).

C. Malmstrom. (2022, November 27). The EU Should Expand trade with the Indo-Pacific region: PIIE. https://n9.cl/hc8xyj

خاتمة

إجـمالًا، بعـد مُضيٍّ نحـو عامـين عـلى نـشر المفوضيـة الأوروبيـة اسـتراتيجية الاتحاد الأوروبي للتعـاون في منطقـة المحيطـين الهنـدي والهـادي (سبتمبر 2021)، تمكّـن الاتحاد الأوروبي مـن تحديـد نهج مشـترك يسـمح للاتحاد بالتصرف والاستجابة الفعّالة لتحديـات المنافسـة التجاريـة والتكنولوجيـة والأمنيـة في هـذه المنطقـة، التـي تشـكّل، بحسـب المراقبـين، الأرضيـة التـي سـتحدّد الاتجاهـات المسـتقبلية للسياسـة والاقتصـاد الدوليَّـين. في الواقـع تشـكّل المشـاركة الأوروبيـة المتزايـدة في تحمّـل مزيـد مـن المسـؤولية فيـما يتعلـق بالاسـتقرار والأمـن في منطقـة الإندوباسـيفيك، بجانـب اسـتراتيجية «البوابـة العالميـة»، مؤشرات واضحـة إلى عـزم صنّـاع القـرار في بروكسـل عـلى ترسـيخ أوروبـا كقـوة اقتصاديـة وجيوسياسـية عـلى المسـتوى العالمـي، كـما تعكـس الرغبـة القويـة للمـضيّ في رؤيتهـا لتعزيز السـيادة والاسـتقلال الاسـتراتيجي للاتحاد الأوروبي. وإن كان التنفيـذ الفعـلي للاسـتراتيجية لا يـزال في بدايتـه ويواجـه مجموعـة مـن الإكراهـات، خصوصًـا في ظـل البيئـة الجيوسياسـية المتوتـرة، وتفاقـم حـالة عـدم اليقـين العـالمية، وتحديـدًا مـع الحرب الـروسية-الأوكـرانية، التـي شكّلـت، ولا تـزال، تهديـدًا وجوديًـا لمنظومـة الأمـن الأوروبيـة الجماعيـة، عـلاوة عـلى انعكاسـاتها الاقتصاديـة والاجتماعيـة عـلى المسـتوى الـدولي مـن ناحيـة؛ ومـن ناحيـة أخـرى، المنافسـة المحتدمـة بـين الولايـات المتحـدة والصـين في شـكل صراع تجـاري وتكنولوجـي، مصحـوب أحيانًا باسـتعراض أدوات القـوة الصلبة لتأكيد التفوق كقوة عظمى.

وفي ظـل هـذا المنـاخ تُفتَـح أمام بروكسـل مجموعـة مـن الخيـارات، مـن ضمنهـا: أولًا، الانخـراط في دعـم لا محـدود للاسـتراتيجية الأمريكيـة التـي تـرى الصـين تهديـدًا وجوديًـا للتفـوق الغربـي، الأمريكـي تحديـدًا، الـذي لا ينبغـي التسـاهل أو التسـامح معـه؛ حيـث ترتفـع الأصـوات في واشـنطن بخصـوص «فصـل» الصـين عـن الاقتصاد

العالمـي، واحتـواء التوسـع الصينـي مـن خـلال التعـاون مـع دول المنطقـة ذات التفكيـر المشـابه (QUAD وAUKUS مثـالًا). ثانيًـا، تحفيـز الجهـود لتطويـر القـدرات الصناعيـة والأمنيـة الأوروبيـة كأهـداف نهائيـة نحـو السـيادة والاسـتقلال الاسـتراتيجي للاتحـاد الأوروبـي، الـذي يقتضـي كذلـك التعـاون مـع الولايـات المتحـدة والصيـن فقـط، حيثـما أمكـن ذلـك، وتعزيـز التعـاون مـع شـركاء المنطقـة ذوي التفكيـر المماثـل (اليابان، وكوريا الجنوبية، وأستراليا، والهند... ومجموعة الآسيان).

عطفًـا عـلى ذلـك، بينـما تؤكـد البوصلـة الاسـتراتيجية اسـتيقاظ الاتحـاد الأوروبـي مـن سـبات جيوسـياسي دام عقـودًا، فإنـه وفي إطـار المنافسـة الجيوسياسـية المحتدمـة بـين الولايـات المتحـدة والصيـن، فـإن مـن مصلحـة الاتحـاد الأوروبـي التصـرف في منطقـة الإندوباسـيفيك عـلى أسـاس اسـتراتيجية القـوة المتوسـطة (Middle Power)، والدفـع باتجـاه تحفيـز التعـاون بـدلًا مـن تشـجيع المنافسـة والاستقطـاب، وهـو مـا يقتـضي تشـجيع التعدديـة والعمـل مـن خـلال المؤسسـات المتعـددة الأطـراف، أو في إطـار تكتـلات فـوق وطنيـة تضـم دولًا متقاربـة في الآراء والتوجهـات عـلى أسـاس تقـارب المصالـح، بـدلًا مـن السـعي وراء المصلحـة الوطنيـة مـن جانـب واحـد، ومـن ثـم تطويـر الهيـاكل المؤسسـية وفـق رؤيـة مشـتركة مـع الاحـترام الكامـل لخصوصيـات سياسـات الـدول الشـريكة، وهـو مـا سيسـمح للاتحـاد الأوروبـي بتعزيـز اسـتقلاليته الاسـتراتيجية، وجاذبيتـه للحوكمـة ووضـع المعايـير، خصوصًـا إذا نجـح القـادة الأوروبيـون في رسـم مسـار خـاص بعيـدًا عـن الاسـتقطاب والمنافسـة الجيوسياسـية بـين الولايـات المتحـدة والصيـن. وهـو مـا يحتّـم عـلى بروكسـل الانخـراط بفاعليـة أكـبر في المنظـمات والائتلافـات الاقتصاديـة والعسـكرية والتكنولوجيـة في المنطقـة، وهـو مـا سيسـمح بخلـق البديـل أو مـا يسـمى «الخيـار الثالـث» أمام دول الجنـوب العالمـي، وتحديـدًا منطقـة الإندوباسـيفيك، التـي سـئمت دروس واشـنطن، وكذلـك السياسـات التوسـعية لبكـين؛ حيـث أصبـح فـخّ الديـون المتخفّيـة وراء مبـادرة الحـزام والطريـق أوضح، الأمر الذي أضعفَ كثيرًا القوة الناعمة الصينية.

قائمة المراجع

أولًا- العربية:

- محمــد أبــو غزلــة، وريــم محســن الكنــدي. (إبريــل، 2022). كــواد وأوكــوس الأهميــة الاســتراتيجية والتداعيــات الإقليميــة والدوليــة، أبوظبــي: ترينــدز للبحــوث والاستشــارات، سلســلة «دراســات اســتراتيجية»، العــدد 16. // http:// trendsresearch.org/publication.php?id=69#page=1

- محمــد غــاشي، (أبريــل 2023). مــن الشــراكة الاســتراتيجية إلى المنافســة النظاميــة: حــدود التغييــر في السياســة الخارجيــة الألمانيــة تجـاه الصيــن، أبوظبــي: مركـز ترينـدز للبحوث والاستشارات. http://trendsresearch.org/research.php?id=34

ثانيًا- الأجنبية:

- A. Stahl. (2021, September 13). What will the EU's Indo-Pacific Strategy deliver?: Hertie School, Jacques Delors Centre. pp. (1-4). https://n9.cl/9i226

- C. Jungbluth, S.Weiss. (2022, December 14). Asia Pacific, The Test Case for a Geopolitical EU Trade Strategy: Bertelsmann Stiftung. https://n9.cl/o8ndd

- C. Malmstrom. (2022, November 27). The EU Should Expand trade with the Indo-Pacific region: PIIE. https://n9.cl/hc8xyj

- C. Pajon, and J. Bachelier. (2023, April). Europe's Indo-Pacific Strategy in the Face of Sino-American Tensions: China – United States; Europe of Balance. IFRI.

- C. Schmucker, and K. Kober. (2023, Feb 23). A Turning Point for EU trade policy after the Russian Aggression? : German Council on Foreign Relations. https://n9.cl/bzi202

- Ch. San-man, (2023, April). Analysis of and Recommendations for European Naval Presence in the Indo-Pacific Region: The Hague Center for Strategic Studies. https://n9.cl/h6wla

- Ch. Teevan, S. Bilal and Others. (2022, June). The Global Gateway: A Recipe for EU Geopolitical Relevance?: ECDPM. Discussion Paper No. 323. pp. (1-14), pp, 1-2. https://n9.cl/kzzsu2

- Council of the EU. (2021, April 16). Council conclusions on an EU Strategy for cooperation in the Indo-Pacific. https://n9.cl/0a7by

- Die Bundesregierung. (2019). Leitlinien zum Indo-Pacifik: DAA.

- E. Pejsova. (2023, March). The EU's Naval Presence in the Indo-Pacific: What It Is Worth?: The Hague Center for Strategic Studies. Netherlands.

- European Central Bank. (2020, October). A Review of economic analyses on the potential impact of Brexit: ECB. https://n9.cl/z478ak

- European Commission. (2018). EU trade agreements deliver on growth and jobs support sustainable development: Report. Brussels.

- European Commission. (2021, December). Global Gateway: Brussels. https://n9.cl/6z92o

- European Commission. (2021, December). Global Gateway: Brussels. https://n9.cl/6z92o

- European Commission. (2021, November 12). EU exports support 38 million jobs in the EU according to a report on jobs and trade: European Commission – Press release.

- European Commission. (2021, September 16). The EU Strategy for cooperation in the Indo-Pacific: EC. Brussels. Pp. (1-17).

- European Commission. (2021, September). Strategic Foresight Report: Enhancing the EU's long-term capacity and freedom to act. E.C. https://n9.cl/g2b5s

- European Commission. (2022, March). Shaping and Securing The EU's Open Strategic Autonomy by 2040 and beyond: E.C.

- European Commission. (2022, September 22). Global Gateway President Von Der Leyen announces funding: Press release, Brussels. https://n9.cl/a0te3

- European Commission. (2023, March). On the Update of The EU Maritime Security Strategy and its Action Plan. https://n9.cl/lo6qe

– European Parliament. (2022, July). EU Strategic Autonomy 2013-2023: From Concept to Capacity. EP. https://n9.cl/t196n

– European Parliament. (2022, September). EU Indo-Pacific Trade Relations: European Parliament Think Tank. https://n9.cl/ea2kn

– F. Fasulo, (2023). The EU Indo-Pacific Bid: Sailing through Economic and Security Competition. ISPI, Milan, pp. 23-25.

– F. Kleim2022) ., May 28). How the EU Can Still Succeed in the Indo-Pacific Despite the War in Ukraine: THE DIPLOMAT. https://n9.cl/c7syz

– French Government. (2018). France's Indo-Pacific Strategy: Ministry for Europe and Foreign Affairs. Paris: Qu'ai d'Orsay.

– Government of Canada. (2022). Canada's Indo-Pacific Strategy: Global Affairs Canada. pp. (1-23). https://n9.cl/lpe2i

– J. Borell, (2021, June 03). The EU Approach to the Indo-Pacific: A Speech by the High Representative / Vice President Josep Borell. The Diplomatic Service of European Union. https://n9.cl/a278r

– J. Borell. (2022, March 3). Putin's War Has Given Birth to Geopolitical Europe: Project Syndicate. https://n9.cl/uj5i5

– J. Maarten, and others. (2021, March). Impact of the Covid-19 Pandemic on EU Industries: European Parliament. https://n9.cl/b2h8h

- L. A. Surya and others. (2022). Biden and China's Economic Dominance in the Indo-Pacific: Pusat StudiPerdagangan Dunia. https://n9.cl/q58p7

- L. Nardon. (2023, April). The United States' Growing Hostility Toward China: China – United States; Europe of Balance. IFRI, pp. 11-13.

- M. Julian, and T. Kastouéva. (2023, April). China and Russia; The Anti-Western Axis and the Limits of the Bilateral Partnership: China – United States; Europe of Balance. IFRI, pp. 39-41.

- M. Maliszewska. (2019, April). The Belt and Road initiative, Economic, Poverty and Environmental Impacts: Policy Research Working Paper. 8814

- M. Muller, and others. (2023, Feb 24). "From Competition to a Sustainable Raw Materials Diplomacy": German Institute for International and Security Affairs. https://n9.cl/k6wba

- M. Schneider. (2022, November 17). Transatlantic Cooperation on Indo Pacific: Chatham House.

- M. Yamaguchi. (2022, April 29). In Japan, Scholz Says Germany Seeks Closer Ties With Indo-Pacific: The Diplomat. https://n9.cl/winqr

- Minister des Affairs Etrangers. (2022, Feb 22). Ministerial Forum for Cooperation in The Indo-Pacific: Paris. https://n9.cl/n0fk8

- O. Scholz. (2022, Feb 24). Reden zur Zeitenwende: Die Bundesregierung. https://n9.cl/tjg49

- P. Trineke. (2021, August 20). Normative Power and EU strategic autonomy: The Hague Center for Strategic Studies (HCSS). https://n9.cl/g0ant

- Regering Van Nederland. (2020, November 13). Indo-Pacific: Richtlijnen voor het versterken van Nederlandse en EU-samenwerking met partners in Azie. https://n9.cl/kur8f

- S. Islam. (2022, March 17). The EU in the Indo-Pacific: Strategic Engagement but not the Priority: Italian Institute for International Political Studies (ISPI). https://n9.cl/jbzv9

- S. Kemm, and P. V. Hooft. (2023, January). Capability and Ambition Mismatch in The Indo-Pacific; a Middle Power Strategy for the EU: The Hague Center for Strategic Studies. https://n9.cl/wmfn0

- Suwandi. (2019). Value Chains: The New Economic Imperialism. Monthly Review Press.

- T. Diez, M. Pace. (2011). Normative Power Europe and Conflict Transformation: Normative Power Europe. Palgrave Studies in European Union. pp. (210-225).

- The White House, National Security Strategy, October 2022, https://www.whitehouse.gov/wp-content/uploads/20228-/11/November-Combined-PDF-for-Upload.pdf

- W. Haruko, (2020). The Indo-Pacific concept: Geographical adjustements and their implicatios. No. 326, RSIS school of International Studies, Singapore, pp. (1-23).

- World Economics. (2023, January). Asia-Pacific. https://n9.cl/5kdte

نبذة عن المؤلف

محمد غاشي، باحث في التاريخ الدبلوماسي والعلاقات الدولية، حاصل على درجة الدكتوراه من جامعة محمد الخامس، الرباط. تتمحور اهتماماته البحثية حول السياسة الخارجية الألمانية، والشؤون الاقتصادية والأمنية والاستراتيجية للاتحاد الأوروبي. يعمل باحثًا متعاونًا مع مجموعة من مراكز الأبحاث والدراسات، إلى جانب عمله مستشارًا لدى مجموعة من الهيئات الحكومية والقطاع الخاص.

صدرت للدكتور غاشي مجموعة من الدراسات المحكَّمة، وأسهم في الكراسة الاستراتيجية «فهم المغرب 2010/2020»، وقد نُشرت له حديثًا دراسة بعنوان «تحولات القوة: إمكانات القوة الناعمة الألمانية وحدودها في أوقات الأزمات» ضمن سلسلة «اتجاهات استراتيجية» التي يُصدرها مركز ترينـدز للبحوث والاستشارات.